GOBOOKS
& SITAK
GROUP©

GOBOOKS
& SITAK
GROUP©

三日月書版

三日月書版

三日月書版
BL003
指尖的詠嘆調
illust. 六百一
vol.03

CONTENTS

Episode 5 流年偷換 …011

Episode 6 蝴蝶遷飛 …135

SOUL INVASION

黎楚
亞裔，身高179cm，身材偏瘦。深黑短髮，棕色眼睛。
笑容玩世不恭，帶一點邪氣和傲慢。經常做駭客工作，有黑眼圈。打扮年輕時髦，身上有不少戒指項鍊之類的飾品。
能力:資料操縱
能夠自由編寫人體代碼以控制身體（肌肉、激素、體液、內臟、骨骼等），或控制電子產品中微小電流與訊號（入侵網路、加密與破譯、修改資料），並藉以進行電子藝術的創作，後期成長後產生了新的特性。

沈修
亞裔和日爾曼混血，身高186cm，比黎楚健壯一點。
外表英俊。患白化症，皮膚異常白皙，銀灰色短髮，淺藍色眼睛。
氣場端莊、冷峻、穩重而有威嚴。身穿黑色長款立領風衣，雙手也常戴白手套。
能力:引力
宇宙四大基本力之一，附帶長壽的特性。
能夠控制萬有引力，例如改變一定範圍內的重力方向以達到念動力的效果；扭曲空間以扭曲光線，達到隱形；控制核融合、分裂（每秒兩百萬次）釋放能量，製造高維空間以囚禁或放逐物體；使用重力將物體達到近光速運動；通過近光速運動使時間發生扭曲，製造小型黑洞。
極限能力是開啟時空蟲洞。

Episode 5
流年偷換

SOUL INVASION

靈魂侵襲

1

一分鐘後，薩拉匆忙從門外大步走進來，拎著一個沉重的急救箱，緊張道：

「黎楚！發生什麼事了？」

她顧不得換鞋，走進客廳後，看見兩個人面對面坐在沙發上。

薩拉看了一眼……

天塌地陷。

匡噹一聲，急救箱落地。

黎楚忙出聲道：「站穩，薩拉！」

坐在他對面的沈小修握著一杯熱水，慢慢喝了一口，低頭想事情。

薩拉膝蓋一軟，險些跪倒，扶在旁邊的櫃子上，顫抖著聲音問道：「……陛下？」

沈修聞言，抬頭看了她一眼，他的眸色彷彿金色陽光下起伏的蒼青愛琴海，磅礴、瑰麗、引人沉淪。

這是一雙絕無僅有的眼眸，薩拉有幸見過罹患白化症前的沈修，現在那種震撼又一次浮現眼前。她在其中看到了一絲熟悉的神情，那是屬於白王沈修的理智和威嚴，她彷彿被自己至高無上的王所鼓勵，迅速恢復了鎮定。

沈修指向旁邊的沙發，示意薩拉坐下。

薩拉呼吸急促，坐在對視的兩人中間，片刻後問道：「陛下，這究竟怎麼回事？我可以……替您做個檢查嗎？」

沈修保持沉默，微垂眼眸，喝了一口熱水。

薩拉求助地看向黎楚。

黎楚道：「他……不信任妳，不信任我們。他回到了大概十年前的狀態，那時候還不認識我們。」

薩拉腦中一片空白，又看向沈修，渴望從王的身上得到指示。過去幾年來她習慣接受命令，來自沈修的命令使她感覺自己堅不可摧……可是現在，她的信念正在動搖。

沈修終於喝完水，聲音低低地說道：「不，我認得你，羅蘭，你是我的共生者。但是你看起來，年長了十歲，我剛才……幾乎沒有認出。」

「我……好吧，確實是這樣，但這其中有些複雜。」黎楚無奈道，「我現在的名字是黎楚，如果你不介意，我更習慣這個名字。」

沈修點了點頭，看向薩拉。

薩拉緊張道：「陛下，我是三年前，您從佛羅倫斯撿回來的……」

黎楚無語。

妳這麼說自己真的沒問題嗎？

沈修沉穩地點點頭，挑眉看向薩拉的時候帶著恰到好處的神色，引導對方繼續說下去。

黎楚覺得頗有意思。雖然沈小修表現得極穩重，但是眉宇間帶著一絲稚氣，加上明顯未成年的外表，感覺像是裝成熟的中二少年。

薩拉顯然沒有這種感覺。她戰戰兢兢地自我介紹，大略闡述了沈修從一窩佛羅倫斯吸血鬼之中將她救出來的往事。

沈修思考片刻，仍未表示信任，說：「你們的說辭我都瞭解了，沒有別的事，我就告辭了。」

薩拉吃驚道：「陛下！您要去哪裡？」

沈修起身，他身上的衣物是十年前他自己的，當他看向客廳內掛著的風衣外套後沉默了片刻——那對現在的他來說太長了。

他放棄了尋找外套的打算，說道：「我不認識這個地方，當然選擇離開。至於你們的說法，我會在調查清楚情況後再進行判斷。我的手機在哪裡？」

黎楚捂著嘴，若有所思地看著年輕版的沈修，指了指桌上的手機。

沈修拿起來看了一眼，見螢幕上要求解鎖密碼，便一言不發地又把手機丟下了。

他毫不留戀地走向門外時，黎楚忽然問道：「你昏迷之前在做什麼？」

沈修回頭，以審視的目光看著黎楚，片刻後回想起他就是自己的共生者——的成熟版本，便答道：「我沒有昏迷。與朋友說話時一眨眼，我就躺在了這裡的沙發上。」

薩拉無助地看向黎楚，問道：「陛下他……我們就讓陛下這樣離開嗎？」

黎楚分析道：「這個問題無解，薩拉。沈修現在是十年前的沈修，從他的日常環境中忽然跳到了現在的陌生狀況，必定會有很多疑慮和警惕，無論我們怎麼取信於他，他都會先選擇自己去瞭解情況——換成是我也會這麼做。」

沈修出門後，見兩個人並肩站在外面。

一個人他認識，是塔利昂；另一個不認識，自稱馬可。

兩名契約者雖然沒有情緒，無法感到震驚，但不約而同地知道事情有多麼棘手。

不久前馬可通知塔利昂，表示Z座有異常情況，而薩拉行色匆匆趕去後再沒有回應，兩人不得不一同尋來。

然後塔利昂就再一次地，見到了十六歲的沈修。

沈修看了他片刻，認出了他來，打招呼道：「塔利昂，很久不見。」

「陛下，您下午還在聽我的報告。」塔利昂道，「容我冒犯，您現在的狀況，是自己的打算，還是遭到了暗算？」

「你的問題很多餘。」沈修兩手插著口袋，冷冷說道。

馬可從沒見過沈修做這種動作，忍不住多看了幾眼。好吧，他也從沒見過十六歲的沈修。

塔利昂仍舊板著臉，說道：「恕我直言，陛下，成年後的您當然不會玩關於時間和年齡的把戲，十年前的您卻說不準。」

沈修不以為然道：「對我而言，我是現在的我，你卻是十年後的塔利昂。」

他再次邁開步子，無視了欲言又止的馬可，與塔利昂擦肩而過，徑直向外走。

見他去意已決，塔利昂忽然說道：「陛下，您現在又處在變聲期了。先王曾經囑咐過您，不要壓著嗓子低聲說話，請盡量自然發聲，愛惜您的聲帶——我們不會笑您的。」

沈修步伐一頓，默然走了。

Z座的大門口爆發出黎楚的笑聲。

「我說他為什麼聲音這麼低這麼小！開口就要了兩杯溫開水！說話都慢吞吞的！居然是因為變聲期嗎哈哈哈哈哈哈——」

薩拉：「噗。」

馬可和塔利昂仍保有伴生特性，沒有感情，完全get不到笑點，所以面無表情地看著黎楚笑了足足三分鐘。

黎楚一手支著門框，擦了擦笑出來的淚花，問道：「你們來得倒是很快。如何，打算現在通知其他成員，還是先瞞著，不告訴他們沈小修『離家出走』了？」

「不。」塔利昂直直看著黎楚，「第一件事，我來抓捕你。」

薩拉險些以為自己聽錯了。

「你說什麼？」

黎楚嗯了一聲，極其自然地走出來，像是個投降的嫌犯伸出手腕，說道：「我果然是第一嫌疑人嗎，說說你的第二嫌疑人？」

「當然是你的祕密聯絡人。」塔利昂冷冷道。他竟然真的取出了一副手銬，銬住黎楚左手，另一邊由他自己握著。

黎楚活動了一下手腕，說道：「我不知道是什麼讓你產生這種誤解？自進入北庭花園後，我從未主動聯繫任何人，這一點你可以查到我的通訊紀錄。」

馬可說道：「不必狡辯了，我是陛下親自任命的情報組長，這裡的任何動靜都在我掌握之中。兩天前，你曾經在H座和一名契約者祕密交談，對方從未出現在你的相關資料當中——」

毫無疑問，塔利昂和馬可口中的「祕密聯絡人」就是指亞當．朗曼。

黎楚和亞當，確實曾在H座交換過關於伊卡洛斯基地的情報。他心念電轉，知道不能說出實情，這關係到他的真實身分和重生之謎。

與此同時，薩拉也在焦慮之中——她知道黎楚是沈修的共生者，也知道這不能說出來，在得到沈修的命令前這一點必須保密……可是，沈修現在的情況，他自己都不知道這一點了吧！

還有，馬可說黎楚擅自聯繫外人是真的嗎？身為共生者，難道黎楚真的會裡應外合暗算沈修……不，等等，他也許還真的有這個動機……

薩拉不擅長思考複雜的問題，想了一會兒就覺得腦子快炸了，見黎楚和塔利昂始終僵持著，抓狂道：「夠了，塔利昂！他的事情，讓陛下來決定不可以嗎？」

馬可道：「不可能。十年前的陛下根本不認識黎楚，他要如何決定？」

薩拉：「不，其實——」

塔利昂淡淡道：「妳太過依賴陛下的命令了，薩拉。想想陛下現在的狀況，再考慮我們現在處在什麼境地——『黎楚』事件還遠遠沒有結束，陛下正準備和赤王文森特協商解決，現在就出了事！事情已經由不得我們慢慢考慮了。

「薩拉，不要認為陛下若無其事，妳就覺得無關緊要。以陛下的能力——哪怕是十六歲的他，也不會太過危險；但他回來時，我們有沒有被暗處的敵人裡應外合全部殺死，就要看我們自己了。」

薩拉難以置信，回頭看著黎楚。

黎楚依然神色從容，懶洋洋看風景，完全是一副非暴力不合作的樣子。

——難道真的是他暗算了沈修，自己的契約者？

2

當天夜裡，黎楚被塔利昂關押在特殊房間內。

房間四面的牆壁都充斥著γ介質，室內家具、照明和取暖設備等等都是特製的，基本上無法用來打開加固的房門。

他們不但在合金門上設了密碼，還加裝金屬、象牙和鐵木鎖，簡直無所不用其極。這倒不是因為防備黎楚，而是北庭只有這種關押契約者的房間，而關押契約者的東西總是越多越廣泛越好，畢竟你永遠不知道契約者能用他的能力做出什麼。

黎楚一進房間就檢查了一下，房內有監視器但沒有開——真那樣做就有點過頭了。裡面有座檯燈連著電線，只是沒有充電功能，因為蓄電池也很可能被利用。

黎楚使用能力，順著電線入侵了北庭的電路網。

他首先想查看塔利昂和馬可的情況，但這二人始終在會議室裡談話，會議室裡沒有電子設備。

隨後他進入了薩拉的房間，想知道她會說些什麼。

然而安妮並非SgrA成員，僅僅是薩拉的共生者，她們雖然彼此相愛，薩拉仍無權告訴安妮關於King的事情。黎楚在此無功而返。

黎楚還想使用網路，向遠在特組的亞當．朗曼示警。

但是馬可切斷了北庭與外界的全部通訊，使用了訊號遮蔽裝置，還監控所有固網電話和手機。

事態的發展有些糟糕了。

黎楚思索良久，發現最大的變數仍然是沈修本身。

沈修現在除了「羅蘭」和塔利昂外，基本上誰也不信任。但黎楚畢竟不是羅蘭，沒有羅蘭的記憶，不知道如何使沈修站在自己這一邊。

……除了共生者和契約者這種天然綁定的身分，沈修還有什麼理由幫助黎楚？

他現在根本不認識我，黎楚心想。

一旦馬可查出黎楚和亞當的私下聯繫，儘管他們根本沒有密謀背叛，但是關係曝光後……沈修會怎麼想？

黎楚煩躁地吐了一口氣，躺倒在床鋪上。他不得不承認一件事：我猜不到沈修的心思，更無法預知未成年版沈小修的想法……

他看了一下鐘，發現已經很晚了。

然後黎楚終於知道為什麼自己會覺得忘記了什麼東西。是吻。

八點的吻，今天他們都忘了。

次日早晨，黎楚用完早餐，塔利昂將他帶了出來。

「我們決定通知全體成員，一小時後在A座底層開會，由所有人共同決定如何處置你。」塔利昂道，「你最好清楚，如果有任何可以交代的東西，在那之前全部坦白，才是最聰明的做法，否則我很樂意讓你知道，SgrA究竟有多少種手段逼人開口。」

黎楚閉目養神，懶懶道：「我覺得我應該說一句：『在我的律師趕來之前，我不會說任何話。』」

塔利昂聽不出他在調侃，冷冷瞪了黎楚一眼，準備將人銬回房間裡面。

就在這時，他接到了一個內線通訊，聽了幾秒後說道：「我立刻過去……」

「不必了。」

沈修低啞的聲音出現在後方。他套著一件帽衫，戴著帽子和口罩。

黎楚翹著二郎腿，不由得多看了他兩眼。

十年後的沈修從沒這麼穿過，更何況他現在還是十六歲的模樣，這樣一穿，滿滿都是青少年的青春時尚感。

沈修從門外走進來，與黎楚對視了幾秒，扭頭對塔利昂說道：「情況我已經瞭解了，會議我會出席。這之前的一個小時，他由我帶走。」

「陛下……」

沈修打斷道：「你想質疑我嗎，塔利昂？」

塔利昂立刻低下頭，說道：「我絕沒有那個意思，陛下。我只是想說，您如果需要溫水和早餐，我們已經備好。」

「不必，我帶他回Z座再說。」沈修道。

他看向黎楚，後者便站起來，左手腕上的手銬搖搖晃晃，慢吞吞走向門口。

黎楚一直走到沈修面前，居高臨下地看他，心裡萬分愉悅地想：我比他高這麼多哈哈哈哈哈哈哈——沈修一米七一米七一米七哈哈哈哈哈哈——

沈修敏銳地注意到他的神情，冷冷問道：「你在想什麼？」

「沒什麼。」黎楚若無其事道。

接著，黎楚心想：這傢伙簡直是個炸藥。十六歲的小孩都這麼討厭，沈修也不例外。

沈修走路時兩手插在口袋裡，悶頭往Z座前進。

黎楚跟在後面，不時打量一下，把他和成熟版的白王進行對比。

最後黎楚得出結論：相同點是不愛說話、跩得要命、一副死人臉；不同點是臉嫩了、人矮了，一不小心就說話公鴨嗓，脾氣還見長。

兩人走進室內，沈修砰一聲關上門，雙手抱胸審視著黎楚。

「你是誰？」他問。

「你的共生者。」黎楚頭也不回地道。

沈修哼了一聲，道：「我已經瞭解了最近的事情——這完全、根本不可能。我絕不會發出這種保護聲明，一定是你有問題。」

黎楚原本已做好面對各種質問的準備，沒想到沈修首先質疑的居然是他自己的決定，不禁詫異道：「就因為這個？我怎麼知道你為什麼會做那種事，那明顯是你自己的決定。」

「不可能。」沈修又說。

黎楚反問道：「哪邊不可能？」

沈修不說話，眼神裡露出「你在質疑我」的神色，沉沉氣場瞬間籠罩黎楚。

儘管他身高縮小了，氣場的壓迫性卻未見減少，或許也是因為還未成年的關係，他無法精準地控制自己強悍的能力。

黎楚心想「死沈修小時候也這麼討人厭」，說道：「你認為這世上有什麼人可以逼迫十年後的你做出這種決定？」

當然是沒有的。

他又道：「為什麼要以你現在的想法來揣度十年後的自己？十年，能發生很多事情，你親手組建起來的 SgrA 就是其中之一，你的作風有了變化當然也很有可能。」

沈修冷冷道：「給我證據。你不過是憑空猜測而已，我如何相信你？」

黎楚瞇了瞇眼，他認識沈修的這種表情。

最初他殺了安德魯被沈修帶回來時，他們互不相識，沈修就是這種表情——不帶情緒，也沒有感情，只是用凜然的眼神提醒對方：不要對我說謊。

現在彷彿回到了那個夜晚。

黎楚微微翹了翹嘴角，說道：「證據當然有。喂，你接過吻嗎？」

沈修道：「這和我們談論的東西沒有關係。」

「當然有關係。」黎楚慵懶地往靠在沙發上，語氣略帶戲謔，「十年後的你和我的關係，可沒有契約共生這麼簡單。每天晚上八點，我們一定會有一個晚安吻。怎樣，這能證明你確實會想要保護我嗎？」

沈修沉默片刻，斷然道：「不可能。」

兩人一站一坐，對視片刻，都猜不透對方的心思。

然而黎楚已經抓住了沈小修的步調，緩緩道：「不如你過來試試？」

沈修警惕地看著他。

黎楚一眼就從中看出了一些東西。哈哈哈不是吧他十六歲時初吻還在嗎？

「我開玩笑的，別這麼看我。想證實這件事情其實很簡單，你不是有寫筆記的習慣嗎？你去找找自己可能藏筆記的地方，看看我說的究竟是真是假。」

沈修想了想，道：「我怎麼知道筆記是真是假？」

黎楚抬起手腕，給他看仍掛在上頭的手銬，說道：「我昨天一直被關著，沒有時間偽造那些東西。」

沈修將信將疑，上樓去找筆記。片刻後，他走下來，兩人又對視片刻，沈修把視線移開了。

這下黎楚忽然找到了一點熟悉的感覺。

沈修總是在氣氛曖昧的時候拒絕和他對視，這讓黎楚有時有種很奇怪的感覺，就好像沈修在害羞一樣。

怎麼可能啦……黎楚想。

但現在那種感覺又冒出來了，黎楚心裡十分好奇年輕版的沈小修在想些什麼，便起身走到他面前，戲謔地說：「要在這裡試試嗎？」

躁。

沈修略皺起眉，可能他自己也沒有注意到這一點。

他們的伴生關係大致回復了，他只是朦朦朧朧地，有一點牴觸，又有一點焦躁。

黎楚看著沈修的表情，有種自己在引誘未成年人的錯覺。

他覺得沈修的神色太過嚴肅，並不像真的想要試試。

然後黎楚的心裡，也莫名有那麼一點焦躁。

嘖，老子又不是真的稀罕這個吻……

就在他要放棄時，沈修猛然扯住他的領子，將人往下一拉。

黎楚猝不及防，被沈修抬頭吻住了。

黎楚：「……」

操，好痛。

沈修用力太猛，兩人幾乎是撞在一起，嘴唇磕著牙，沈修是契約者還沒覺得痛，但黎楚疼得眼淚都快出來了。

要命的是，十六歲的沈修根本毫無經驗，還在那裡用力咬了黎楚一下。

黎楚真的感覺要了老命了，忙捂著嘴唇挪開，瞪了沈修一眼。

十六歲、一米七的沈修後退一步，剛才他只能仰頭接吻，手裡還得抓著黎楚的領子把他拉下來一點。

沈修舔了一下嘴唇，還沒回味出這個「吻」到底是什麼感覺。

伴生關係解除了。

沈小修：「……」

操，好痛。

3

黎楚痛得嘴唇哆嗦了一下，半天才緩過來，無奈地道：「不是這樣的，你到底有沒有接過吻……」

沈修抿著嘴，悶悶道：「沒有。」

黎楚這下不知道說什麼了。

還真是初吻……他頭疼地想。

過了一會兒，黎楚擺擺手，道：「過來。」

沈修看著他不動，眼神裡帶著「你竟敢命令我」的神色。

黎楚暴躁地想「死沈修年輕十歲還是這死樣子」，無奈地走過去，雙手捧住沈修的面頰，與他直視，慢慢湊近他的嘴唇。

沈修看著他接近，眼睛微微瞪大，片刻後喉結一動，咽了咽口水。

黎楚：「……」

沈修：「……」

黎楚險些笑場，道：「你能不能別這樣看著我？」

沈小修緊緊抿著唇，不說話，用表情示意他：朕很不悅。

黎楚無奈，調整一下後再次去試著吻他。

沈修始終看著黎楚的眼睛，他的青色瞳仁微微閃動，裡面又隱隱現出了一點黎楚熟悉的神色。

白王沈修的神色。

過去他們接吻時，沈修的眼睛還是很淺的淺藍色，沒有現在這般瑰麗，但他眼裡永遠帶著一點火光。

白王在吻黎楚的時候，總像是看著寒夜裡的火。

現在黎楚看著十年前的他，沈修的眼裡從無到有地燃起了同樣的光。他們近在咫尺，黎楚終於得以將之徹底看清。

他忽然放開沈修，說道：「抱歉，我忽然……不想這麼做了。」

沈修抓住他的手腕，被黎楚甩開，但沈修不依不饒地繼續抓住了手銬，將黎楚拉了回來。

「是你先招惹我。我可以不盯著你，也可以由你主動，但是你不能不遵守承諾。」

黎楚皺著眉，試圖將手銬搶回來，說：「不，我們沒必要繼續這樣……反正你也不記得，這件事其實……沒這麼重要。」

「對你不重要嗎？」沈修說。

黎楚沒有回答。

沈修將手銬的另一半銬在自己的右手上，緩緩道：「這並不公平。」

在一段短暫的沉默裡，黎楚心中五味雜陳。

或許沈修自己並不清楚，他剛才說的那些話裡，夾雜了多少東西。

他現在的年紀只足夠體會到躍躍欲試的心情，黎楚卻彷彿看到了十年後的白王沈修，有多少複雜的心緒都被埋藏在沉默的外表下。

他說：是你先招惹我……這對你不重要嗎……這不公平。

黎楚不得不受到觸動，也不得不受到感動。

而沈修踮起腳，用左手捧著黎楚的臉頰——學著像黎楚之前做的那樣，然後小心地碰了碰黎楚的嘴唇。

他問道：「是這樣嗎？」

黎楚說：「不是。」

沈修又親吻他，溫柔地試著探舌進去，磨蹭了一下。

「是這樣嗎？」

「不……不是。」黎楚回過神來，將他推開，說道，「別再試了，根本不一樣的。」

他們仍銬在一起，沈修略後退了一點。

「什麼不一樣？你拿我和誰比較？」沈修低沉地問道，「你一直在想的人是誰？」

「……是你。」黎楚嘆了口氣，無奈道，「都是你。」

他們對視了短短幾秒，沈修沒有再避開。他的眼裡帶著少年人特有的固執，好像一定要等黎楚妥協才肯甘休。

就在這時，Z座的電話響了。

兩人齊齊走過去接電話，銬在一起的手默契地下垂。

沈修接起電話，另一頭的塔利昂說道：「陛下，希望沒有打擾到您，但會議時間到了。SgrA全員在白色會議室中等候。」

沈修道：「我知道了，現在過去。」

他回過頭，黎楚正盯著門口一排黑傘入神。

他知道這些傘是誰的。

十年後的自己。

A座，塔利昂在門外等著。

見到兩人銬在一起的手，他道：「陛下，您又任性了。」

沈修冷冷道：「塔利昂，你老了十年也還是這樣囉嗦。」

塔利昂上前一步，握住手銬，眼裡放射出淡淡的博伊德光，手中冒出白色蒸汽。接著他微微用力，將手銬小心地從兩人手上掰開，隨手將之揉成一坨鐵塊。

「不，我很久……沒有這麼說話了。陛下，您八年前開始，就不再這樣任性了。」

沈修輕輕哼了一聲，卻不好奇八年前——也就是他的兩年後——發生了什麼。

黎楚跟在沈修身後走進白色會議室，這是他第一次進入這裡。

與地面上常用的那間會議室不同，這裡幾乎完全封閉，沒有窗戶，只有兩扇合金門，內部裝潢肅穆大氣，長長一張會議桌外，牆邊還有兩排座位。

SgrA 的所有成員都在室內，薩拉和塔利昂的位置分別在沈修左右手，其後是馬可和其餘成員。司機和管家竟也在其中，坐在牆邊的座位上。

見到他們進來，全體站了起來。

薩拉道：「陛下。」

沈修的步伐在門口微微一頓，掃視了所有人看過來的目光，片刻後點點頭，到主位上落座。

他的座位經過量身打造，十六歲的小沈修坐上去時，腳底只能剛剛好擦到地面。黎楚不動聲色地遞出腳，讓沈修墊了一下，調整自己的坐姿。

全員入座，塔利昂道：「黎楚先生，你的座位在那邊。」

黎楚看了一眼，走過去將椅子拖過來，在沈修旁邊坐下。

塔利昂加重語氣說道：「黎楚先生，你的座位，在那裡。」

德光。

黎楚想了想，翹起二郎腿，挑釁地看回去。

塔利昂扭頭，用眼神示意在座的某個成員。後者恭敬地點頭，眼中放出博伊

就在這時，沈修出聲道：「不必了，他就坐在這裡。」

那名成員立刻低下頭，停下能力。

「是，陛下。」塔利昂說道。

他和黎楚隔空對視了片刻，不得不意識到黎楚此舉的意義。

黎楚在示威：你們的陛下，和我站在同一條戰線上。

「在場的各位，應該都瞭解這次會議的目的和緣由。」塔利昂單刀直入地開口道，「時間緊迫，我提議立刻開始對黎楚的問訊。」

「附議。」

「附議。」

陸續有人說道。

塔利昂看向沈修，沈修默許了這個進程。

接著馬可手邊的一人起身，自我介紹道：「午安，黎楚先生。我是情報組的

維倫，接下來將由我負責向你提問。請不要浪費精力編造謊言或者隱瞞事實，我的能力能夠完全分辨出你的話語和心聲是否相符。」

他看向黎楚，眼裡漸漸放射出博伊德光。

「請問你的名字。」他說道。

「黎楚。」黎楚答。

「你的身分？」

黎楚翹起嘴角，沉默地看向塔利昂。

哼哼，要我說出自己是白王的共生者嗎？

塔利昂皺眉道：「維倫，跳過這一條。」

「是。」維倫接著問道，「你的能力？」

塔利昂道：「好了維倫，跳過常規部分。」

維倫將手上的文件接連翻了兩頁，重新問道：「事情發生時，你在做什麼？」

黎楚道：「沈修在我眼前倒下，我能做什麼？我把他放到沙發上，打電話找來薩拉，然後檢查他的呼吸和心跳，正準備心肺復甦時他就醒了——變成了現在這樣。」

「事情發生前，你與陛下是否有過接觸？」

「……有。」黎楚皺了皺眉，說道，「我準備吻他。」

室內靜了一瞬，沈修回頭看了他一眼。

維倫咳了一聲道：「請詳細敘述你們的對話和動作。」

黎楚便說了他如何騙沈修吃那個難吃的血燕窩榴槤酥，沈修又怎樣騙得他也吃了一口，接著兩人肩並肩在浴室裡漱口刷牙，沈修還立了個 flag 說：聰明人是不會在同一種糕點上栽倒兩次的。

眾人：「……」

為什麼有種在聽夫妻日常的感覺！

薩拉尷尬地咳了一聲，問道：「可以繼續下一個問題了嗎？」

「不，等等。」塔利昂道，「那塊糕點，檢查過了嗎？」

「是的。」馬可說，「糕點是透過快遞寄來的，該包裹在警衛室經過檢查，包括常規的毒性檢查和博伊德光放射檢查，其中並沒有可疑物質。但仍未排除契約者通過無毒物質暗算的可能性。」

「巴里特。」塔利昂看向管家。

老管家點點頭，起身作證道：「昨天晚上，黎楚先生特意要求我熱了血燕窩榴槤酥，之後一直在客廳等待。先生回來後，黎楚先生就邀請他試吃。」

塔利昂問道：「據你所知，黎楚是否總是對陛下如此溫柔體貼？」

管家道：「不，先生。黎楚先生只有這兩天，似乎變得更溫柔了一些。」

塔利昂點點頭，又問道：「你也看到了那個包裹，是不是指名寄給黎楚？」

管家道：「並沒有寫上黎楚先生的名字，但確實是寄給他的，署名似乎是他的一位粉絲。」

塔利昂起身盯著黎楚，說道：「你的粉絲寄來一盒來歷不明的糕點，之後你忽然變得異常溫柔，哄騙陛下品嘗，自己卻將之悄悄吐出。這段期間，只有你和陛下獨處，當薩拉趕到，陛下已經變成了十年前的模樣——黎楚，你有什麼想說？」

黎楚雙手交握，過了一會兒，說道：「有。這一切都是你的猜測，我根本沒有害他的動機。」

4

白色會議室內，所有人看著黎楚，目光或者帶著審視，或者毫無感情。

黎楚坐在沈修身側，重複道：「我沒有暗算他的動機。」

塔利昂坐回位置，理了理衣領，喚道：「薩拉。」

薩拉神情凝滯，一直看著自己眼前的杯子，塔利昂又喊了一聲，她才反應過來，問道：「是，怎麼了？」

塔利昂道：「陛下最近的行程妳最清楚。告訴我，他近期出行，是否始終帶著黎楚？」

「是的。基本上是這樣，只有偶爾幾次，黎楚先生會留在Z座中。」

塔利昂直視著薩拉，他眼神中的壓力迫使薩拉不由自主地坐直了身子。

「現在告訴所有人，妳認為，陛下帶著黎楚的原因，是出於看護，還是出於監視？」

薩拉額上微微冒出冷汗。

她猶疑的目光掃過黎楚和塔利昂，又看向主位的沈修。

然而沈修若有所思地看著所有人。

薩拉心下一沉，現在的沈修並不清楚這一個多月來發生了什麼，以及這些事情背後的內幕，無法給予指示。

她當然知道，沈修一開始帶著黎楚的原因是出於監視，因為黎楚就是殺了安德魯和莫風的那個共生者羅蘭，可是他的這個身分現在不能公開……

薩拉低下頭，沉思良久，終於說道：「是監視。」

黎楚瞇了瞇眼，向後靠在椅背上。

塔利昂繼續逼問：「那麼當初陛下為什麼沒有選擇拘禁他？」

薩拉道：「不，陛下起初確實打算這麼做。」

塔利昂：「為什麼陛下放棄了這個打算？」

薩拉呼吸急促，閉了閉眼，答道：「因為黎楚威脅了陛下。」

舉座皆驚。

沈修低頭思索，食指時不時輕輕劃動。薩拉所說出的事實連他也不知道。

十年後的自己，居然會被自己的共生者威脅？

面對所有質疑的目光，黎楚心中不斷思索。

塔利昂既然認識了沈修十年之久，必然知道自己就是羅蘭。

在座有四個人知道自己的共生者身分——他自己、沈修、薩拉和塔利昂。而這個身分不能曝光，塔利昂利用了這一點。

當薩拉說出「監視」的那一刻起，自己就沒有了回答這個問題的唯一答案。

——沈修為什麼將人帶在身邊監視？

——很簡單，因為那是他的共生者。

一旦沒有了這層身分，那麼他們之間的關係就變得詭譎叵測，一方原本準備拘禁，而另一方居然膽敢威脅。

塔利昂明知自己不可能說出真正的答案，卻還是如此逼問，很顯然他已經認定了自己有問題，根本不在乎用什麼名義來定罪。

或者說，他是刻意利用這次事件，目的就是要將黎楚變成SgrA的背叛者，然後名正言順地控制住白王陛下不聽話的共生者。

黎楚並未看向沈修，思忖道：不能向他求救，他沒有與我共處的記憶，現在很可能也在懷疑我……是了，塔利昂就是要利用這一點，利用「沈修沒有近期記憶」的這一點。

塔利昂道：「黎楚先生，你還有什麼話要說？」

黎楚嘴角噙著一抹諷刺的笑意，緩緩道：「有。薩拉在說謊。」

薩拉難以置信地說道：「一派胡言！陛下準備拘禁和監視，是我親眼所見；你威脅了陛下，則是你自己親口承認！」

黎楚站起身道：「薩拉，我當時是怎麼說的，妳還記得嗎？」

薩拉道：「時隔太久，我——」

黎楚打斷道：「我說，我威脅他的方式是『你敢關著我，我就尋死覓活』，我是不是這樣告訴妳的？」

薩拉沉默片刻，點了點頭。

黎楚反問道：「那麼妳認為在什麼情況下，我尋死覓活會是對他的威脅？」

薩拉：「……」

塔利昂看向黎楚，心中冷笑：果然有些手段。什麼情況下黎楚的生死會對沈修產生威脅？自然因為他是陛下的共生者。

但恰恰這一點，是在場四個知情人都不能說出口的真相。

他丟給黎楚的問題，又被黎楚以同樣的方式報復了回來——以一個答案相同、卻無法回答的問題。

塔利昂重新起身，與黎楚隔空對視，說道：「黎楚先生，你的意思是，薩拉的證詞不成立？」

黎楚道：「你認為我能以什麼方式威脅沈修？薩拉說我威脅他這一點，原本就不能成立。」

塔利昂漠然喊道：「馬可。」

在薩拉下首坐著的馬可站起身來，冷冷道：「很不幸，黎楚先生，你和薩拉在餐廳內的對話，我也全部聽到了。」

黎楚無言以對，坐回椅子上。

馬可作證道：「薩拉所說一切，全部屬實。黎楚親口承認，以『尋死覓活』

的方式威脅了陛下。」

黎楚雙手交叉擱著下巴，心想：可惜棋差一招，沒有料到馬可。果然我的情報來源太少了，馬可的能力隱藏太深。

他究竟為什麼能對北庭花園內一切瞭若指掌？不，遠不止這裡，追捕牧血人戴維時，他可以直接竊聽到鄰市的郊區……哼，SgrA的一群變態強者。

塔利昂咄咄逼問道：「黎楚先生，那麼該我請問你，為什麼你會用這種方式威脅陛下？」

黎楚看了看天花板——在塔利昂看來他是翻了個白眼。

「好吧，接下來我就告訴你們真相。」

「真相」這個字眼，瞬間刺激到了其他在座的知情者。

「接下來我要說的事情，和白王陛下的重要隱私有關。希望你們可以諒解我道出了真相，尤其是陛下您，因為我實在被塔利昂先生問得無路可走，不得不吐露出事實。」

塔利昂心想：他難道真的寧可說出自己的共生者身分？不，不能讓他這麼做，這會威脅到陛下的安危！

「且慢，黎楚先生。既然事關陛下隱私，我們是否該先詢問陛下的意思？」

兩人看向沈修。

自會議開始，沈修始終對他們的針鋒相對不置一詞，坐在旁邊若有所思。

此時詢問沈修的意思，塔利昂滿心都是「快點阻止黎楚說出真相，讓我逼他認罪」，可惜事與願違。

沈修壓著低低的聲音，緩緩道：「讓他說下去。」

塔利昂無奈落座。

他在心裡不斷提醒自己：十六歲的陛下十六歲十六歲……我不能對這個時期任性的陛下抱有太大期望……

黎楚懶洋洋開口道：「好吧，既然陛下都同意，我就只能繼續說了。其實，關於沈修和我的關係——」

塔利昂忽然道：「黎楚先生，請你考慮清楚自己的言辭。」

他已經無力阻止事情人白天下，這不過是垂死掙扎，黎楚心裡暗笑，說道：「塔利昂先生，你再這樣打斷我，我要告你了。」

塔利昂只得閉嘴。

黎楚繼續說道：「關於沈修和我的關係，其實——」

他惡劣地吊了半天胃口，猛然道：「謝謝大家，我們相愛了。」

塔利昂：「……」

沈修：「……」

眾人：「……」

滿室寂靜中，匡噹匡噹，都是下巴掉到地上的聲音。

黎楚翹起二郎腿，看向塔利昂，說道：「你不是問，沈修為什麼總是帶著我嗎？很簡單，他離不開我啊。」

塔利昂：「……」

黎楚又看向薩拉：「妳不是好奇我為啥能用尋死覓活威脅他嗎？很簡單，他捨不得我死啊。」

薩拉：「……」

接著黎楚看向沈修，溫柔地說：「陛下，您忘記了我們之間的一切故事，可是你親筆寫下了我們的晚安吻不是嗎？」

沈修面色古怪，他看著黎楚溫柔得快要滴出水來的眼神，總感覺背後發涼。

塔利昂艱難道：「你有什麼證據證明……你和陛下……相……愛？」

黎楚道：「這是有目共睹的事情。巴里特？」

老管家巴里特羞愧地點點頭：「陛下和黎楚先生，每天都有……這個……呃。」

黎楚：「司機小姐？」

司機捂著臉道：「我也看見過……」

黎楚：「薩拉？」

薩拉道：「別看我，我沒看過，真的。」

黎楚道：「哦，那安妮呢？」

於是薩拉回想起某個晚上，安妮告訴她，沈修帶著嘴上的傷口在黎楚門前晃了一圈……然後第二天，黎楚各種體力不支的模樣。

薩拉支支吾吾道：「嗯，她是有跟我說過……你們……這個那個……有點激烈……吧。」

黎楚晃著二郎腿，絲毫不害臊地說：「你們還要繼續問嗎？我說了這是陛下的重要隱私。」

眾人：「……」

沈修若有所思，看著黎楚，心想：這麼說，難道我十年後真的和他在一起？

有點激烈……是怎麼個激烈法？

5

白色會議室內，時間已經過去了一個小時。

黎楚另闢蹊徑，以一種塔利昂意料不到的方式迴避了問題。

他坐在沈修身側，與塔利昂在滿座沉默中對視了片刻，緩緩道：「這麼看來，我已經洗清了自己的嫌疑？」

「不，還有一件事……」

黎楚打斷道：「我們在這裡究竟是為了沈修，還是為了我？在你繼續審問我之前，難道不該抓緊時間，討論一些更有價值的線索嗎？」

塔利昂皺眉道：「你還遠遠沒有洗清嫌疑，不要轉移問題的焦點！」

黎楚大聲說道：「難道不從陛下昨天接觸了誰，或者什麼東西開始嗎？」

室內有一瞬的靜寂，接著，馬可率先道：「附議。」

如同打破了什麼魔咒，成員們紛紛附議。

塔利昂看向馬可，而後者冷靜道：「塔利昂，關於黎楚的嫌疑暫時不必追究了，我們應當先找到事情的根源——究竟是什麼能力影響了陛下，又應該如何幫助陛下恢復。」

塔利昂思考片刻，終於道：「附議。」

接下來，一名情報組的成員站了起來。

由馬可、薩拉和該成員共同回溯了沈修前一天的行程，而後者能在觸碰物品後準確地說出什麼人、在什麼時候也接觸過它，使得大批沈修接觸過的物品被排除了嫌疑。

沈修昨天沒有離開北庭花園，接觸的不是SgrA內部成員，就是跟隨他多年的管家等人。

毫無疑問，黎楚的名字頻繁出現。

沈修沉默地坐在主座上，視線時而落在薩拉身上，時而帶著考量地看著馬可。

這段時間裡，他沒有多說一句話，也不參與下屬們的討論，只是若有所思，似乎在進行評審。

黎楚同樣不參加討論，他湊到沈修耳邊低聲道：「你是不是已經知道了什麼？」

沈修道：「我不知道這十年的事情，你認為我能知道什麼？」

兩人離得很近，黎楚看著他的雙眼，道：「你在隱瞞什麼東西。」

「何以見得？」

「我的直覺而已。」黎楚道。

沈修看了他許久，忽然道：「其實你也猜到，那盒糕點確實有問題。」

「你也認為一切是我所為？」

「不。」沈修緩緩道，「有人想要暗算你。若不是陰差陽錯，現在出事的人，會是你。」

黎楚沉默不語。

情報組終於搜查到了那盒糕點。

黎楚低聲道：「你開會時總是任由他們進行討論嗎？」

「我沒有開過這樣的會——我還沒有建立起一個組織。」十六歲的沈修懶懶說道，「但如果有，大約就是如此。我不認為我的權力體現在掌控他們的言辭和思想上，我要的是他們的服從和甘願效力。就如現在，我雖不認識這裡在座大部分人，然而我能感覺到，但凡我願意開口，一切將如臂使指。」

「你還真是自信。」黎楚雖這樣說，但心裡亦清楚，沈修對SgrA的掌控力實在不需要他多言，這個事實不會因他的年齡或身體情況等因素改變。

兩人竊竊私語，直到馬可站起身說道：「黎楚先生。」

正戲來了。

「黎楚先生，這盒糕點在兩天內經過了五人之手，其中有陛下、你和負責檢查的成員，另兩人則身分未知。現在請你解釋這盒糕點的來源。」

黎楚起身道：「只是一名粉絲的禮物而已，進門時就經過檢查了不是嗎？」

馬可道：「恕我直言，另外兩位碰過糕點盒的人，都是契約者。我們無法斷定糕點是否經過異能力加持；同樣我也無法斷定寄送東西的人是你的粉絲，而不是幕後的指使人。」

「我再說一遍。」黎楚雙手撐著桌子，掃視所有人，「我沒有陷害沈修的動機。

我知道的全部事情，就是東西是粉絲寄來的，你們檢查過說沒有問題，所以我吃了，也給了沈修一塊。這麼多日子以來，我和沈修從素不相識走到今天，昨天我們還在討論用什麼名義來保護我——保護我們的感情，我……」

黎楚的聲音停頓片刻，他低下頭，帶著些許鼻音道：「抱歉，我太激動了。」

聽到他哽咽的嗓音，沈修幾乎是立刻心臟一跳，劇烈得甚至感到了左肋處突地一痛。

就在他本能地要阻止馬可繼續盤問時，卻發現——黎楚低著頭齜了齜牙，一臉被自己肉麻到了的表情。

沈修：「……」

黎楚的表情，只有他身側的沈修看得清楚。

同樣解除了伴生關係的薩拉只見到黎楚說完後就頹然坐回位子上，也感到有些心酸，說道：「馬可，直說你有什麼證據吧。」

馬可莫名其妙地發現薩拉的牴觸。他並無感情，只覺得自己的逼問被突兀地打斷了，只得說道：「黎楚先生，我們發現在兩天前，你在H座的二樓臥室中會見了一個身分未知的契約者，是否確有此事？」

他說的是亞當。

那天黎楚發現了亞當的身分後就帶他前去H座交換情報，他檢查過室內絕無任何電子產品，也沒有博伊德光出現，馬可究竟是怎樣知道……

不管他怎樣知道，他會提出來就代表他有證據。

黎楚無法否認，點頭道：「是，我在H座，見了亞當。」

馬可和塔利昂對視一眼。

馬可落座，換塔利昂起身問道：「請詳細地介紹這名契約者，黎楚先生。」

黎楚便有意識地將亞當．朗曼介紹為自己在伊卡洛斯基地曾經的搭檔，到達北庭花園的目的是探聽情報，在自己發現亞當後就勸解他回去了。

這些事基本屬實，與馬可提供的情報也大致吻合。

塔利昂問道：「那麼請問這位亞當先生是如何混入北庭花園，並又完好無損地離開了？」

黎楚心中不斷考量：馬可還有多少情報沒有公布？該如何為亞當掩飾，才會不出現破綻，又能洗清他的嫌疑？

不論從哪個角度思考，亞當毫無疑問都成為了最大的嫌疑對象。

他祕密潛入北庭花園，和黎楚私下對話完又祕密地離開，然後寄來一盒糕點，在黎楚騙沈修吃下去後，就發生了這件事……

「經過對比，這位亞當先生在H座沒有留下任何毛髮痕跡，但他觸碰過床單的氣息與糕點盒上的完全相符。他是出於何種目的，在與你碰頭之後，又立刻寄來了這盒點心？」

黎楚始終沉吟不語。

塔利昂不得不說道：「黎楚先生，請回答我的問題。如果你執意保持沉默，那麼我們將採取一定手段來獲知你的記憶。」

「黎楚。」沈修喚道。

黎楚長嘆了一口氣，回頭與沈修對視。

滿座俱寂，沒有人敢打斷他們的對話。

沈修蒼青色的眼眸裡帶著綽約的金色，他認真看著黎楚，屬於少年人的嗓音始終沙啞低沉：「我信任你。無論你做過什麼，說過什麼，在怎樣的事件裡有多大的嫌疑，在你親口承認之前，我都不打算懷疑你，哪怕一絲半毫。你是否理解？」

他表情淡然，但威嚴而肅穆。他屬於王者的眼神投注在任何人的身上，都令人感到惶恐和敬畏。

這一刻，白王沈修的威儀盡顯無遺，哪怕黎楚也感受到了壓力。

「你是否足以背負我的信任？」

「陛下。」黎楚深吸一口氣，認真地回道，「假如你信任我，一如我信任亞當，你就應當明白我此刻的想法。亞當．朗曼是我多年來的搭檔與戰友，我們並肩戰鬥，曾出生入死，也曾經陷入絕境。在他親口與我對話之前，我不可能洩漏他的情報，更不可能懷疑或背叛他——哪怕一絲半毫。因為我認識他，遠比認識你來得更久、更深。」

「我明白了。」沈修沉吟道，「看著我。現在告訴我，你對亞當的信任，來源於感情，還是事實？」

黎楚道：「我無法回答這個問題。」

沈修雙手交握，低沉道：「我並不是在與你談判。回答我的問題，這將決定我如何判斷你的立場。」

黎楚閉上眼。

排除一切感情因素，亞當・朗曼是否有這個可能，成為幕後的主使者或者執行者之一？

沈修沉默等待回答，食指輕輕劃動，這是他陷入思考或者猶豫不決時的舉動。若不是這個動作，塔利昂還以為沈修已經展露出殺伐決斷的一面。

沈修年輕時，理智和克制力並未完全成熟，他有時會顯得任性，會忽視旁人的建議；從另一面來講，他也遠比十年後霸道得多，在 SgrA 成立前，他往往黑白分明，眼中不容一點沙礫。

這個時期一直持續到他成年以後，他的處事原則和對 SgrA 立下的規矩，才算徹底落成。

黎楚考慮了許久，終於睜開眼睛，直視沈修道：「我信任他，源於事實。我信任亞當，並不因為我如何看待他，而是因為他是怎樣的人。我確信他沒有主動參與這件事，甚至可能毫不知情。」

沈修得到答案，起身道：「我明白了。」

所有人隨之站起，等待他的指示。

「薩拉，向特組發出白色信件，告訴他們，將亞當・朗曼送來。」

薩拉不得不提醒道：「陛下，您的情況現在還在保密中，如果我們要以審問亞當．朗曼的名義通知特組，可能會引起懷疑。」

「薩拉，當我要求一個人時，不需要理由。」沈修冷漠道，「如果十年來我的每一道命令都有一個理由，那麼現在也是時候告訴他們，那只是我對他們的體諒，並不是他們質問我的依仗。」

薩拉低頭道：「是，陛下。」

黎楚沉默片刻，道：「沈修。」

沈修看向他：「你儘管放心，我不準備將亞當．朗曼作為犯人審問。既然你在與他對話之前，不會透露任何情報，那麼很好，他很快就會出現在你面前。」

6

會議結束了。

沈修回到Z座的書房裡，翻閱十年來的大事件。

他在變聲期時不常說這麼久的話，因此和黎楚的對話結束後，喉嚨始終有些不適。

坐了一會兒，塔利昂為他送來兩杯熱水。

沈修接過杯子：「你有什麼話，現在可以說了。」

塔利昂單刀直入：「陛下，黎楚仍然可疑。我們都清楚他的答案只能糊弄其他人，您帶他在身邊本就是為了監視，一切都是因為他是您的共生者，而不是……

可笑的愛情。」

沈修放下文件，揉了揉太陽穴道：「你不該繼續糾纏於他的問題，塔利昂。」

「陛下，恕我直言，您更不該放任共生者肆意妄為。音樂會事件他就險些陷入危險當中，現在更是……」

「他是我的共生者。」沈修打斷道，「而你試圖在會議上誣陷他。」

「共生者的問題是您多年來唯一的弱點，陛下。解決源於他的危險的必要性，遠勝於其他事件。我不認為我做錯了什麼，只要能將他安全地控制起來，無須計較過程。」

「夠了。」

兩人沉默片刻，塔利昂恭敬地欠身行禮。

「塔利昂，我不知道是什麼讓你產生了黎楚是我最大威脅的錯覺。如果十年後的我，真的成為你理想中的王，那麼『我』就更不可能被區區來自共生者的危險所擊敗，你還不能確信這一點嗎？」

「您始終是我所崇敬的『王』，陛下。」塔利昂沉聲說道，「但自從黎楚出現，您解除了伴生關係，以身涉險救他，甚至不惜為保護他而與赤王文森特對峙。

我的擔憂來自……您的感情，您在黎楚的身上投注了太多注意力，陛下。」

「感情……」

沈修低低嘆了口氣，喝了一口熱水，道：「塔利昂，十年後的我，有多久不曾像這樣與你爭吵？」

「八年了，陛下。」塔利昂答道。

「那麼就是我的兩年後……塔利昂，我越發感覺到語言的無力了。自從先王退位，我登上王位之後，所有人所有事都在教導我：住口。不要說出自己的想法，不要表露自己的傾向，不要倚重某一方，不要對誰過於關注和信任。

「我知道十年後的我是怎樣的『沈修』，像今天這樣和你的對話絕不會再發生了，我只會處置你，告訴你質疑我的後果。塔利昂，如果我想要守住自己立下的規則和目標，就必須壓抑自己的想法，只剩下公正……和規矩。」

「這是您的目標，也是我等為之效死的方向。」塔利昂道。

「我不是在說這個。」沈修自嘲地一笑，「我只是在告訴你，我的沉默，並不來源於鐵石心腸。即使十年後我一言不發，不代表我毫無感覺；你只會覺得我漸漸心冷，你大概永遠聽不到十年後的我，親口承認一些事實。」

他放下水杯，目光茫然看向窗外，許久後說道：「塔利昂，我本質上是一個固執，且任性的人。如果我現在喜歡上誰，十年後也必定會喜歡上同一個人。」

「……陛下。」

「我愛上了一個人。十年後一次，如今又一次。」

沈修笑了笑，淡淡道：「我不想再聽你提到黎楚的問題，塔利昂。」

那天晚上，黎楚晚飯吃多了，決定到處走走，幫助消化。

不知怎麼他就到了天臺。

即便沈修對他的位置有所感應，也花了好半天才找到他，兩人遵守約定，在天臺上接了個吻。

分開時黎楚忽然有點想笑，他懶洋洋靠著扶手，道：「你突然變小了這麼多，弄得我像在猥褻未成年似的。」

「十六歲已經算是成年了。我不覺得我的年紀會造成什麼影響，起碼 SgrA 仍然可以平穩執行我的命令；你會這麼說，不過是因為在年齡上占優勢的人，往往傾向看輕較年輕的人。」

黎楚笑嘻嘻道：「你二十六歲時可不會說這麼長一段話。」

他其實心裡想的潛臺詞是：小孩才喜歡在言語上教訓別人。

「你仍在把我和他進行對比。」沈小修不悅地說，「我以為你應該早點認識到一點，現在我才是你的王和你的愛人。」

黎楚：「……」

等等，你是不是誤會了什麼？

見黎楚不說話，以為他在認真思考這個問題，沈修又道：「我們可以有個新的開始。不過你不妨先說說十年後，這段感情是怎樣開始的。」

黎楚無語半晌，鬱悶地心想：開始個鬼啊！我騙他們的啊，你為什麼也信了！我們像是談過戀愛嗎！

然而沈修認真看著他，似乎在等他醞釀什麼答案。

黎楚心裡幾度想翻臉告訴他真相，但想來想去，怕又被他那個神出鬼沒的情報組長馬可聽到，然後那個黑臉塔利昂又要來審問，這簡直沒完沒了……

他在內心深處抓狂了半天，終於黑著臉道：「沒什麼特別的。我跟你正常談戀愛，沒了。」

沈小修看著黎楚半晌，覺得他側過臉支支吾吾，似乎是害羞了。

但是這件事他真的非常好奇，也不止是好奇，隱隱還有一種，想探尋怎麼能制伏自己不聽話的愛寵的想法。他覺得，既然感情已經發展到了這種程度，黎楚不該是這種反應。

「是我先追求你？」

黎楚不自在地靠著欄杆，來回換了幾個姿勢，心裡不自覺就把過去和沈修相處的日子回顧了一遍。

從安德魯和莫風來抓羅蘭回去開始，他和沈修見面的氣氛都針鋒相對，當時他因為何思哲的死體會到了悲痛的感情，幾次險些真的對沈修動殺心，但也明白以沈修的能力，他幾乎沒可能得手。

後來沈修帶著他進行牧血人戴維的任務，幾次保護又幾次妥協，他們像被那個約定黏在一起過日子，再強的敵意也在不知不覺當中被消磨乾淨。

直到兩天前，白王沈修出事前他們的那個吻……

從那個吻開始，黎楚一不當心觸碰到了沈修內心的什麼東西。

然而他還來不及體會，沈修就變成了年輕版的沈修。

黎楚出神了片刻，終於說道：「算是……吧。」

沈修看出他正在回憶什麼。

不知為何，他的心跳漸漸加快，不自覺地心想：他認真地在想我嗎？他在回憶……怎樣愛上我的嗎？他會告訴我，何時何地，又因為什麼，他……愛著我嗎？想到黎楚可能將要表白自己的感情，沈小修莫名有些緊張。

他竭力維持自己平靜的表情，看向黎楚的眼中帶著鼓勵和潛藏的期待，甚至已經準備隨時與他擁吻。

黎楚有一種逃避了很久以後，終於被逼著接觸現實的感覺，他看著沈修淡淡的神色，總感覺對方不懷好意。

他的直覺像在警告自己：前面是陷阱！我一旦跟著他的話走下去，就要被他逮住了！

被「逮住」會發生什麼？

黎楚寒毛直豎。

這一刻，兩人都覺得時間過得太漫長。

沈修等了許久，黎楚終於開口。

「我去喝牛奶了！」

沈修：「……」

黎楚語速極快地認真說道：「已經很晚了，我準備睡覺了，真的！我最近喜歡晚上喝一杯牛奶，感覺睡眠變好了呢，你知道這是為什麼嗎？因為牛奶對睡眠好啊哈哈哈哈……」

一邊說他一邊快速移動，等一堆毫無營養的廢話說完，他已經走下樓梯，消失在沈修的視野裡了。

黎楚一路跑到小廚房，在冰箱裡翻了半天——當然他不是來找牛奶。他取了兩包番茄醬，叼著一包吸了半天，終於感覺放鬆下來。

死沈修變年輕還真不好對付……

他在外頭玩了半天，到深夜時，又恢復了慵懶模樣，一手玩著手機，一手插口袋，慢吞吞回房間睡覺。

一分鐘後。

黎楚推開房門，抬頭一看。

「……」黎楚退出房間，仔細地看了看。這是我房間，沒錯啊？

他又打開門，發現眼前不是自己的幻覺。

沈修坐在他床上，看文件。

黎楚道：「你……走錯房間了？」

沈修抬頭看了他一眼，詫異道：「沒有。為什麼這麼問？」

黎楚來回打量房內擺設，確定這真的是自己的房間沒錯，不禁道：「我，你……這是我房間啊。」

「是的。」沈修收起文件，放在床頭櫃上，十分自然地道，「你要睡了？我馬上關燈。」

黎楚哽了半晌，試探道：「你也……睡這裡？」

沈修理所當然道：「我們不是在一起嗎？」

言下之意，當然睡一起了。

黎楚無語凝咽。

他終於意識到一件事。

——我是不是挖了個坑然後自己跳了進去？

靈魂侵襲

7

兩人各占床的一邊，中間不自覺留出一片超大空間。

黎楚磨磨蹭蹭坐在床上，不停打量沈修，心底暗暗發毛。

沈修只覺莫名其妙，見黎楚坐了半天不脫衣服，問道：「怎麼，還不想睡？」

黎楚模糊地嗯了兩聲，將枕頭來回擺弄，好像患了強迫症一樣不斷去捏它的形狀。

此刻他心裡正在暗恨，為什麼自己床上擺了兩顆枕頭，卻只有一床被子。

大冬天的，又沒有暖氣，想好好睡，非得和沈修蓋一床被子不可。

兩個大男人，一張棉被純聊天是很正常的……吧。

黎楚不斷作心理準備，但一見沈修老神在在坐自己的床上，又忍不住想抓狂：不是啊沈小修以為我們是情侶啊！這太奇怪了啊啊啊！

好半天，黎楚終於說服自己，他把被子扯過來一點，飛快地鑽了進去。

沈修疑惑道：「你……習慣穿著長褲睡覺？」

黎楚躺在床的邊緣，理直氣壯道：「冷！」

沈修無言以對。

接著他把燈關了，翻身躺下。

黎楚只感到向來自己一人獨占的大床因為另一個人的存在而不斷震動，被子上微微傳來一點力道，還有就是沈修的呼吸聲。

因為房間暗了下來，黎楚對這種細微的聲響更加敏感，來回猜測沈修到底是什麼姿勢。

這時候沈修哪怕隨便翻個身，黎楚鐵定瞬間炸毛。

黎楚煎熬了半天，沈修也感覺有點複雜。

黎楚在那一頭輾轉反側，隔一會兒換個動作，本來想著蓋一張棉被純睡覺的沈修不免有些煩躁。

他究竟在幹什麼……

過了一會兒，那頭動靜停了，沈小修忽然間醍醐灌頂！

他說冷……難道在暗示我睡過去一點？或者說，我們以前是抱著一起睡的？

是啊，似乎情侶躺一張床上，就該抱在一塊兒依偎取暖，耳鬢廝磨，恩恩愛愛，醬醬釀釀……的嘛。

沈修恍然大悟，頓悟了黎楚為何支支吾吾又來回翻身，原來是想被抱住但是害羞。

養個年紀大又臉皮薄的情人真麻煩……沈小修嘖嘖想道。

片刻後，沈修慢慢挪過去，探手過去，摸到個鼓起。

沈修：「……」

很軟，很鼓？

枕頭？

沈修又摸了一遍，是枕頭。

——黎楚把枕頭放在兩人中間隔著。

沈修：「……」

黎楚無法可想，拿了個枕頭擋在中間，還真感覺比之前安全了那麼一點點。大抵這種形式上的東西，真有那麼點自欺欺人的作用。

他來回烙煎餅一樣翻身，熬了一個鐘頭終於忍不下去，隨便用能力在身體代碼裡亂翻，找到一段秒睡的代碼，運行。

一秒後，他幸福地睡著了。

這裡解釋一下，睡眠存在生物節律，即大約在九十到一百分鐘的時間內經歷五個不同階段的週期，國際睡眠醫學將睡眠階段分為五期：入睡期、淺睡期、熟睡期、深睡期、快速動眼期。

黎楚戳了一段熟睡期的代碼，故而呼呼大睡，真的是死豬一樣安詳。且他對身體的掌控能力登峰造極，在睡眠時可以使全身器官都得到相應的放鬆和休息，這就導致了他無比優良的睡眠習慣。

不打呼，不磨牙，不說夢話，不翻身，不亂動，連眼珠都懶得轉一下。堪稱世界第一最佳床伴。

只有一個問題，就是他不到生物時鐘設定好的時間，很難醒過來。

於是清晨時，沈修起身，看見的就是一隻睡得死沉的黎楚。

沈修：「……」

黎楚晚上睡前翻來翻去，睡著時被子蓋在臉上都不知道。就這麼躺了一夜，呼吸分外沉重，還無知無覺地睡著。

沈修不禁莞爾，幫他把被子往下拉一點。

黎楚把被角夾很甚緊，這一拉就把手臂露在外面，啪唧一下揮下來，甩在床沿上。

人還是沒醒，打得發紅的手極其自然地下垂。

沈修無言替他把手放回去。

他不明就裡，只覺得黎楚簡直睡到了一定的境界，不自覺地駐足看了好一會兒，這才刷牙洗漱去了。

浴室裡只有一支牙刷。

沈小修於是意識到一個問題：哎？我們原來不睡一起？

黎楚睡了精準無比的八個小時，不多一分鐘不少一分鐘，時間到他就醒了。

他迷迷糊糊刷了個牙，洗臉時總覺得浴室裡似乎多了一支牙刷。

洗漱完畢，黎楚到餐廳吃了點東西，途中管家巴里特告知，亞當．朗曼已經到了，還順帶附上一個鐘曉。

亞當一早就登門了，鐘曉跟著是來與 SgrA 進行交涉。

原本亞當和鐘曉不是同隊成員，不過鐘曉聽說這件事後主動請纓，加上他曾經和黎楚見過面——在盛世音樂會——於是上頭就許可了。

黎楚到時，沈修還不知在哪，亞當二人和塔利昂正在說話。

黎楚開門見山道：「我要和亞當單獨談談。」

塔利昂帶著警告意味地看了他一眼。

黎楚咄咄逼人地看了回去，道：「需要我打電話請示沈修嗎？」

塔利昂無言以對，最終決定放行，經過昨天的談話，他實在無法篤定陛下會站在哪一邊。

黎楚找了一間封閉的小型會客室，拉上窗簾。

他無法確定馬可究竟是用什麼能力監聽北庭花園，故此也懶得再做什麼保密措施，反正亞當和他沒有密謀暗算，不懼這段對話被聽到。

黎楚正想說話，亞當已猜出他所想，率先開口道：「那盒東西不是我送的。」

「……我知道了。」黎楚皺了皺眉道，「你的風格不會這麼大膽，脫出北庭花園沒多久就送來糕點。我收到時以為是有關 GIGANTIC 目的的重要情報，加上當時他們已經做完檢查，我以為糕點沒有問題，不吃的話怕你無端寄件會被懷疑，沒想到……我還是大意了。」

亞當坐下後使用能力，從懷中取出一張白紙，道：「關於你的部分情報被洩漏了，黎楚。這裡是我調查後發現特組內可能有嫌疑的人。寄件人知道你喜歡榴槤酥，還知道 Audrey 這個帳號，所以他一定是我上面的高層人士。」

黎楚看了名單，分析道：「我喜歡吃什麼這種事是近期才有的，他們的情報來源應該是分析了北庭花園最近的採購表。至於你的帳號 Audrey……我在追蹤這個帳號時沒有使用能力，而是使用物理方式，不完全排除從我這裡被他們搜查到的可能性，不過更有可能的，還是你那裡內部的問題。」

「我知道，對不起。」亞當說道，「想不到百般小心，還是被他們利用了。」

「與你無關，他們是想暗算我。就算沒有你，也還會有別的方法。」黎楚搖了搖頭，無奈道，「這回沒料到的是陰差陽錯，是沈修著了道，恐怕對方現在也措手不及。」

「事關白王陛下，這件事情鬧大了。」

兩人沉默片刻。

「你果然知道了。」黎楚忽然道，「沈修的事情現在還在保密中，SgrA 封鎖了消息，你人在特組，為什麼會知道？」

亞當無言以對，許久後，又道：「對不起。」

黎楚坐在他對面，直視他許久，彷彿在打量他是否是自己所熟知的那個亞當。然而亞當又換了一個年輕男孩的形象，他的身形、面容，乃至嗓音和舉止，都截然不同。亞當擁有世界上所有情報工作者夢寐以求的能力，能夠忽視外表直接認出他是亞當的人，滿打滿算不會超過五個人，黎楚就是其中之一。

亞當有時換了形象過後，所有老朋友都無法認出他來。所以他本不該笑，卻經常在熟人面前笑一笑，這樣才能被認出來；他也從未想過糾正自己的奇怪笑容，因為彷彿一旦這個特有的標識消失，他就會被獨自遺忘。

身為契約者，他並不畏懼被人遺忘，甚至求之不得，但他在為一個組織工作，在團隊裡，他必須要被他的隊友熟識——於是他就有了這麼個不算破綻的破綻。

有時黎楚覺得，契約者的能力大多天衣無縫，倘若有弱點，那麼必定是契約者身為人類的弱點。

黎楚忽然問道：「亞當，你的任務已經結束了，為什麼現在還是未成年人的體重？你沒有把全部奈米粒子取回來嗎？」

他步步走近，而亞當始終一言不發。

黎楚蹲在亞當身前，平靜地打開了能力。

關於亞當的資料，黎楚再熟悉不過。他曾悉心研究構成亞當身體的奈米粒子，也為其構建各種模型，設計各種姿態。

亞當並未反抗，年輕男孩的面孔上是屬於契約者的古井無波。

「你的伴生關係回復了。」黎楚緩緩道，「你曾告訴我，你的另一部分身體被養在共生者的體內，現在是被取出了嗎……亞當，他們是否用你的共生者來脅迫你？」

「我不能說。」亞當道。

黎楚坐回位子上，許久後嘆息般道：「你背叛了我嗎？」

「對不起，黎楚。」亞當再次說道，他站起身，漠然道，「我沒有什麼能說的了，你可以和鐘曉談談。」

8

當日，情報組馬可帶領維倫等一眾契約者，向亞當和鐘曉問了許多問題。

亞當一口咬定自己沒有寄件，特組對一切都毫不知情。

SgrA 礙於必須嚴守沈修的現狀，不能提高問題的級別，無法對特組派來的二人進行更高強度的審問。

關於這個問題，沈修回來後與塔利昂簡單地討論了一下。

另外，黎楚仍拒絕提供關於亞當的情報，塔利昂對此表示很大的不滿。

SgrA 扣留了亞當二人，以待更進一步的調查，但對黎楚無可奈何。

黎楚沒有吃晚飯，喊人搬了一整箱啤酒，將自己鎖在Z座頂樓的天臺上。

他靠著扶手，懶洋洋獨自喝酒，看著夕陽將最後一抹餘暉吝嗇地收回。

我以前不會覺得這一幕很可惜也很可憐，不會難過，也不會做喝酒這種沒意義的事……

這時黎處感到身後有動靜，回頭看去。

沈修眼中博伊德光剛剛收回，從空中平穩落地，他站在黎楚身後，道：「為什麼不吃晚飯？」

黎楚懶懶道：「忘了。」

沈修手中提著一個袋子，裡面裝了點熱的東西，放在黎楚身邊，道：「巴里特為你準備了番茄醬。」

黎楚隨手亂翻，在裡面找到刻意放置好的番茄醬，捏在手裡想了半天，又不高興吃了。

沈修看出他心情不佳，說道：「你如果不想理會這件事，就不要參與了。」

黎楚撇過頭道：「我已經讓你破例很多次了，再繼續增加嫌疑下去，你的屬下就要來暗殺我了。」

其實也沒有什麼關係，畢竟黎楚身分特殊。

沈修想了想，覺得黎楚消沉的狀態和亞當有關，怕提起來讓他傷心，決定不再就這個問題繼續說下去。

沈修陪著他站了一會兒，晚風徐徐，氣溫漸漸轉涼。

「沈修。」黎楚忽然道，「你建立 SgrA 時是怎麼想的？為什麼叫 SgrA？」

他回頭看了一眼，這才想起，白王沈修現在是十六歲時的狀態，還沒有創建 SgrA。

「我都忘了……」黎楚自嘲一笑。

「不，其實我想很久了。SgrA 其實是半人馬座阿爾法星的縮寫，是一個黑洞。」沈小修道，「我早年以為黑洞代表混亂和吞噬，後來才發現，黑洞是極有秩序的天體，有其運行的軌跡和吞噬佇列，也向外輻射能量。如果建立一個組織，叫 SgrA 是不錯的選擇。」

「代表強大的能量嗎？」黎楚懶懶道。

「代表強大且秩序的能量。」沈修說。

「異能世界有秩序？」

黎楚望著逐漸黑沉的夜色，緩緩道：「後天型的契約者有其良知和底線，他們曾有過同情，而同情則是道德感的基礎。他們可能在人類社會中被正常人潛移默化，預設了正常世界的規則和法律，即便沒有感情，也會有所約束，也會有遵守規則的慣性，就像牧血人戴維——哦，抱歉，你現在不知道戴維了。」

「我看過以前的報告。」沈修道，「繼續說下去，我在聽。」

黎楚想了想，道：「至於……先天型的契約者，像葉霖那樣的不在少數。」

他停頓了片刻，只因他自己也曾經是其中之一。

只不過在伊卡洛斯基地待得久了，也很少有戰鬥任務，並不像葉霖那樣四處為惡。

黎楚語調茫然道：「沒有感情，所以敢於肆意傷害他人，所以無法體會道德良知，也不懂得傷人、殺人的罪惡之處；能力強大，所以不受約束，不被法律和社會的公德所牽絆；沒有欲望，所以往往行事無常，只要判斷對自己有利，就當即去做。」

「是這樣的嗎？」沈修站在旁邊，嘆息了一聲。

黎楚看向他道：「你……竟然是後天契約者？」

「是的。」沈小修溫和道。

黎楚難以置信，異能界自古以來至高無上的四王，始終被世人認為是契約者中的契約者，地位等於貴族裡的王族，王族中的純血統。

沒有人想過，王也可以是後天型契約者。

「我出生時並非契約者。後天型往往是在共生者誕生後，才會表現出能力的覺醒。我在大約十一年前，五歲時發生了覺醒的症狀，整夜都夢到你的位置。我的養父，也即是先王，在我找到你之後，將『王座』傳位於我。」

黎楚震驚不已，沈修風輕雲淡在說的，分明是關於王的絕密祕辛。

「世人猜測，王的位置可以禪讓，這個說法說對了一半。」沈修道，「『王座』即是為王的基礎，當年我覺醒後成為契約者，為了接收『王座』又昏迷了半個月，數十次幾乎喪命，但最終還是成功了。那之後『王權』便逐漸轉移，最終先王徹底喪失能力，轉化為普通人，而我則登上了王位。」

「王座和王權，究竟是什麼？」

黎楚看向沈修，因為觸摸到遠古以來的祕密而微微顫慄。

沈修沉吟片刻後道：「王座，即是稱之為γ乙太的博伊德介質精華，唯有將體內所有β乙太燒熔後仍能存活的契約者，才有資格成為王的繼承人。而王權……即是王的能力。」

他側過頭，看著黎楚，青色雜糅著金色的眼眸裡，顯出些微的溫柔。

沈修以手指觸碰黎楚的下唇，見他並無牴觸，便引導著他低下頭，然後吻了過去。

兩人在第一抹朦朧綽約的月色裡接了吻。

黎楚若有所覺，任由沈修與自己交換唾液。

沈修放開他，沉聲說道：「看。」

他抬起手，掌心向上，漸漸托舉，眼中的博伊德光持續放射出去。

驟然間。

沈修手中誕生了一點煙火般的光芒，它跳躍閃動，被壓制在小小的空間內，又擴散出一道一道衝擊波。

火光的規模不大，只在沈修掌心存在，但它閃現出的光芒卻帶著令人心驚的可怕能量。

黎楚打開能力，在那層層疊疊、不斷產生又泯滅的資料中，難以置信地發現——

沈修掌中發生的是核融合反應。

每秒百萬次的核反應，其當量如果爆發，足夠毀滅數公里以內的一切。

沈修輕輕將手一握，這美得無與倫比又危險得驚人的火光，就被他掐滅在掌心裡。

「這就是王權？」黎楚問道。

「不，這是一種使用方式。」沈修道，「這種程度的反應，包括我在內，至少有三位王可以做到。」

黎楚閉上眼。

許久前，與牧血人戴維戰鬥時，沈修曾控制過一定範圍內的重力，也曾直接泯滅一片物質。

盛世音樂會他趕來時，忽然毫無預兆地現身，身邊有極光般的色彩扭曲，他能夠在密室喚起風，能牽引葉芸來回撞擊牆面。

他能強迫核融合反應發生……

沈修低聲道：「四王之間有所約定，我不能告訴你更多了，剩下的……」

「不，我已經知道了。」黎楚笑了笑。

沈修看著他的雙眼，忽然側頭與他輕輕接吻，唇舌之間溫柔地輕觸。

黎楚被接連吻得微微喘息，推開他道：「我……可以了，我沒有發生戰痛。」

沈小修放開他，茫然想：我想吻你，和那有什麼關係？

「我大概明白你為什麼喜歡SgrA……半人馬座的那顆黑洞了。」黎楚道，「如果王權是以某種方式進行轉移，先王的能力是不是與你類似？」

沈修點了點頭，接著道：「其實你也有繼承王位的資格，如果我沒猜錯的話。」

黎楚訝異地看向他。

「第一，你是契約者，有精神內核，就能接受『王權』擁有新的能力；第二，你是我的共生者，你和我一樣，體內的博伊德介質是γ類乙太，能夠承受『王座』。」

黎楚懶洋洋道：「所以？不如我們出去幹掉赤王文森特或者隨便哪個，然後我繼承王位，我們就統治了半邊江山是嗎？」

沈小修想了一下，莞爾道：「這很難。王權如果不是和平轉讓，在你完全吸收無主的王權之前，對方死後的γ乙太會先擴散出去，燒熔並殺死至少半個地球的契約者……」

「哦，我懂了。」黎楚轉過身，喃喃道，「我是不是一夜之間，知道得太多了？只希望你來日別後悔全都告訴了我。」

「我不做後悔的事。」沈修說，「如果我此時此刻這樣選擇，那麼哪怕後悔了再重來，回到此刻的我依然會這樣選擇，這並非由命運或我的意志來決定，而是因為我本性如此。」

就像我十年後喜歡你，回到十年前忘記了一切，又還是會喜歡你一樣。

沈小修心想。

不是命運，也不是我的意志能夠決定。

只是我本性如此。

9

黎楚喝了很多酒。

他眼眸微微瞇起，深琥珀色瞳仁凝望著夜空，臉上是醺醺然的醉態。

「你……就一點也不好奇……我的身分嗎？」

他慵懶地向後靠，慢吞吞問道：「你不奇怪我為什麼……忽然有了能力，說自己叫『黎楚』，又……殺了安德魯和莫風嗎？」

這天臺的欄杆較矮，沈修擔心他不知不覺摔了下去，便伸手環住他的腰，一邊無奈道：「你不是什麼都告訴我了嗎？」

從黎楚這個名字的出現開始，到伊卡洛斯基地契約者情報的洩漏，還有亞當．

朗曼的出現、GIGANTIC的追殺，都不斷說明一件事——他的共生者羅蘭從伊卡洛斯回來後，成了黎楚，一個完全不同的契約者。

沈修並沒有黎楚所以為的那樣介意。

這個異能世界遠比伊卡洛斯基地廣闊，森羅萬象的能力層出不窮，哪怕永生不死，也是有可能的事。黎楚的事情如果隱藏得當，沈修可以讓他一直保持這個祕密。

「我如果想假扮成羅蘭，也可以做得很好，但是我……不想那麼做。是……何思哲教我的。我活著，又有了感情，你知道那種感覺嗎？原來我用能力可以做的，是一些很了不起的事情，有人喜歡我的作品是一件很快樂的事；原來我殺人……會感到痛苦。」

「沈修。」黎楚忽然喊了一聲，抬手抱住沈修的肩膀道，「我……不希望何思哲死掉。我不想任何人忽然死去，我以前不曾害怕這種事，可是這個世界……在異能世界，我們做的事，契約者做的事都是錯誤的，一切都不對……但是沒有人發現不對，發現的人也不想改變，想改變的人又沒有那個力量。沈修，我沒有力量。」

這些話，從何思哲死後，不知道被黎楚在心裡藏了多久，醞釀了多久。

沈修的心軟成一片，抱著他說道：「一切都會好的。」

他還想再說些什麼，黎楚忽然捏了捏他的肩膀道：「沈修，你肩膀怎麼縮水了？好硬。」

沈小修哭笑不得，又頗有些牙癢癢，把黎楚拉開。

他從黎楚腳下的袋子裡翻出一罐啤酒，跟著喝了起來。

黎楚壞笑道：「喂，未成年人不能喝酒。」

——這會兒他又想起沈修現在未成年了。

沈修不理他，自顧自乾了一罐，皺著眉道：「不好喝。」

「真的沒喝過酒嗎你……」黎楚想了想道，「也是，你以前一直在伴生狀態的話，喝了也沒感覺。」

黎楚喝了不少，有些醉了，思緒漫天亂飄。

他從沈修和自己的伴生關係，想到他過去古井無波的契約者生活，又想到沈修在那個時期建立了SgrA……

「你為什麼會想創建SgrA？」

「……我的初衷，與你一樣。」

沈小修看起來不太想說下去，但黎楚被徹底勾起了好奇心。

「你既然自小就是王的繼承者，早早就是這個異能世界的頂端人物，你有什麼能跟我一樣不滿的？」

沈修轉過去喝酒，黎楚一把搶走啤酒，目光炯炯有神地看著他，像一隻好奇的大貓。

今天的話本來已經講得夠多了，但大抵是酒精麻痺了兩個人的克制力，他們都有些許坦白一切的衝動。

其實黎楚隱隱發現如何改變沈小修的主意了。

沈修似乎吃軟不吃硬，但凡自己稍微溫柔順從一點，他的態度就會軟化下來。

至於為什麼會這樣，黎楚就不清楚了。

他想了想，勾著沈小修的脖子，曖昧地低聲道：「喂，告訴我吧。我教你法式長吻，怎麼樣？」

沈小修喝得臉上微微泛紅，撇過頭道：「你喝多了。」

他拒不合作，卻反而引得黎楚更想與他較勁。

黎楚瞇了瞇眼，又攀過去咬著沈修的耳朵說道：「我……保證不說出去，替你保密。你說，我倆的關係，你何必隱瞞我呢？」

他說的是契約共生關係，但聽在沈小修耳裡，卻有另一層意思。

沈修沉吟片刻，仍是按捺住不說話。

黎楚怒道：「你要怎樣才肯說？」

沈小修無奈提起一罐啤酒，喝了一口，出乎意料地道：「你送我一幅畫吧，我知道你是那個『大河二何』。」

黎楚挑眉道：「就這樣？可以，你想要什麼畫直說就行。」

沈小修才說啤酒難喝，一會兒卻又喝完了一罐，皺了皺眉，直接開口道：「你知道上上代西方之王，『偽王』萊茵嗎？」

黎楚沒想到會是這麼個問題，他知道偽王的事情。

這項情報不算絕密，但也是機密要聞之一，若不是伊卡洛斯基地的底蘊，黎楚也很難知道這段祕辛。

大約二十世紀初期，四王之中登基了一名年輕人，名為萊茵。

他成為王之後隱沒了一段時間，當時歐陸正處在風起雲湧之時，這位王的忽然登基和消失都只引起了一小段反響。歷史上很多王根本無心權勢，他們大多會選擇隱姓埋名，保持中立。

就在那段時期，人類科學進入了一個前所未有的發展期，歐陸出現了一大批前所未有的精英科學家，他們發現了物理學史上也許是最偉大也最魔鬼的東西——量子力學。

這門科學的輝煌性，不在於它建立在舊有物理學的廢墟之上，也不在於它開啟了一整個二十一世紀最精彩的文明篇章，而在於它的毀滅性。

二戰初期，德國早早就開始研究原子彈。

但這是平凡人看到的世界。

實際上，契約者之間產生了滔天巨浪，因為一名王公開聲明：萊茵違背了四王的古老約定，將不該出現的東西交付到了凡人手裡。

量子力學是一個潘朵拉魔盒，被王者遞給了懵懂的凡人。

北方之王即刻壓制了德國的核子物理學發展，他的行動極其高效可怕，德國一代科技強國本走在研究的最前沿上，結果其定海神針一般的人物海森堡，卻帶領著全世界最精英的科學家作出一個結論：鈾計畫在短時間內不會有實際結果，於是核反應這唾手可得的毀滅性武器就此被擱置一旁。

這件事史稱「海森堡之謎」，因為人們無論如何也想不通，為何海森堡這樣的人物，會出現所謂的「計算失誤」？

如果德國能在二戰初期研製出核武，這個世界早已不是如今的模樣。

可惜歷史沒有如果，其餘三王一邊追捕萊茵，一邊牢牢按著潘朵拉魔盒，不令裡面的東西洩漏；但身為西方之王，在美國這片土地上勢焰熏天，萊茵公然挑起了一項名聞遐邇的魔鬼計畫——曼哈頓計畫。

從此，人類戰爭進入了核武時代。

凡人從王的手裡取回了一項真理，接著用這項真理鑄造出了足以毀滅一切——包括異能世界和王——的武器。這個世界的存亡，就彷彿放在一群懵懂孩子的手上。

那是一九四二年，二戰的烽火很快淹沒了一切不該被知道的痕跡，在三王的聯合壓迫下，萊茵被逼退位，號為「偽王」。

此後，西方連續出了兩代隱王，現任隱王甚至連名字都不為人知。

「和這件事……有關嗎？」黎楚道。

沈修點了點頭，許久後說道：「四王的能力在微觀領域極其接近，萊茵即位後很快洞悉了核子物理的祕密，他將這些東西交付給了他的家族。這個猶太人家族現已被屠滅，但當時他們幾乎一手掌握了足以毀滅半個地球的核武當量。

「那之後，四王在選擇繼承人時就愈加謹慎，除了能承受『王座』的體質以外，還必須有足夠的心性和理智，而且……不能存在影響其心志的人。」

「你的……先王也是這樣認為的？」

「對。」沈修緩緩道，「他與其他王不同，從最初就決定了只有一個繼承人，他很篤定我會成功。收養我之前，他就屠滅了我的全部血親，在我……前十年的生活裡，被灌輸的只有一套準則，那就是為王的準則。不怒不爭，無欲無求，絕不可以王的力量偏愛或記恨誰。」

黎楚怎麼也想不到居然是這樣，問道：「你沒有反抗？你……不恨先王嗎？」

「恨，或許有吧。先王所為是出於他的立場，而我當時太過孱弱。就像你說的，這個世界運行的方式不對，在金字塔頂端為王者肆意妄為，像是萊茵；而底層的人任人宰割，無從改變，無力反抗，不甘者只能按照原有的力量規則慢慢向上爬……」沈修眼中浮現回憶之色，「但越往上，他們的立場就越接近頂端之人。

黎楚，人的思想和信念很容易受到立場影響而改變，一旦他們站到強者的位置上，就不再想要改變這個規則了，只會想著更加鞏固，因為那符合他們當下的利益。他們原先想要改變，也不過是因為那不符合弱者的利益，而他們當時是弱者罷了。」

「那你創建 SgrA，應該不是在成為強者之後，想要鞏固自己的利益吧。」黎楚道。

「其實我想……建立新的規則。」

沈小修喝了口酒。

「先王的想法是對的，但做法不對。契約者不通情理、不辨善惡，想要改變這世界的現狀，不能用教化，必須立下規則。SgrA 的存在就是為了維護規則，我的一切命令，都是為了懲罰如葉霖的為惡者，拯救像戴維和伊莎貝拉的受害者，阻止契約者殺害平民如何思哲的惡行，平衡我的領土上強者和弱者之間的地位和資源差異——如果可以，就推動這個規則繼續完善和運行下去，就像平凡人世界的法律那樣。」

黎楚默然看著沈修，他今年不過十六歲，但他想的、做的事情，是為天地立心、為生民立命的偉業。

沈小修注意到他的眼光，無奈地笑了笑：「現在你可以嘲笑我了。我已經為王幾年，站在舊有規則的頂端，但想建立一個新的制度，仍如蚍蜉撼樹般渺小而無謂。我終生所願，不過是以王者的血肉身軀，填補這個黑暗世界所欠缺的角落，而這個飛蛾撲火的資格，還是先王抹去我的一切後遞給我權柄，我才能有的榮譽。」

靈魂侵襲

10

在此之前，「王」這個詞在黎楚的世界裡，只是一個冰冷的符號而已。

為王者呼風喚雨、無所不能的形象，在異能世界廣為流傳。契約者固然不會對其感到畏懼或崇敬，卻也使得王的地位不參雜絲毫誇大，而是切切實實世人公認的權勢。

呼風喚雨這個詞，對王來說，絕非形容。

沈修的力量使得黎楚對這一點有了很深的認知，也因此加深了沈修淵渟岳峙的強大形象。黎楚從未想過，白王年幼的過去，也曾羸弱無力，也曾充斥過憎恨與不甘。

「先王……現在還在世嗎？」黎楚問道。

「他死了。從他傳位給我那一天起，他就決定結束自己的生命。」沈修淡淡道，「在王權徹底轉移之前，他就準備好了自己的陵寢，在上千公里深的地下——只有那裡的超基性地核物質，可以徹底阻止王者體內的γ乙太擴散。那裡就是歷代所有王者的歸途。」

二人眼中都閃現出複雜的神情。

黎楚明白他的未盡之言，緩緩道：「如果有一天你和我準備走向死亡，我們也將葬在那裡。」

沈修點了點頭。

葬在幽黑無盡的地底深處，等待這個星球的新陳代謝，磨滅掉自己的每一寸身軀。

這就是王的結局。

黎楚低聲道：「也算是死同穴了吧。」

「是我拖累了你。」沈修沉吟片刻後說道，「共生者體內的γ乙太其實可以抑制到一定的濃度，如果你不願意留在地底，也有別的方案……」

黎楚玩世不恭道：「謝了，不用。我覺得這種死法還挺偉大挺浪漫的。說出去我和眾王葬在同個陵寢裡，還特別有面子。」

沈修啞然半晌，竟無言以對。

「你覺得你欠了我……欠了羅蘭？」

沈修未料到黎楚如此敏銳，憑藉著幾句對話就猜到了自己一直以來的想法。

他想了許久，終於點頭承認：「是。若不是我，『你』原本該是一個平凡人……不必作為共生者，被限制自由，又被剝奪原本的身分。」

這一刻，黎楚忽然想明白了很多事。

為什麼多年後，成熟強悍的白王沈修，會命令薩拉將共生者羅蘭的白化症轉移給自己；又為什麼他會任由羅蘭離開 SgrA 的地盤，在外面肆意行走；還有，SgrA 的成員安德魯和莫風死在黎楚手上，他的處罰卻僅僅是監禁半年的時間。

這是一個信奉規則和平等的王。

他認為自己的共生者是絕對平等的個體，無辜因自己承受痛苦、感情，又要被關押，所以是自己虧欠了太多太多，想要盡力彌補。

他認為安德魯殺死了平民何思哲，就該以血還血，因為他們的性命同樣重要。

契約者、共生者、普通人，在白王的眼裡沒有分別，都有其生於這世間的資格，和被平等視之的權利。

到這一刻，黎楚驟然感到自己觸及到了沈修的器量和胸襟，還有他為王者的權柄。

王者最大的權力，本不是伏屍百萬的殺戮，也不是萬民俯首的威儀。

而是悲憫。

它使高貴者睥睨眾生，使卑劣者永劫沉淪。

唯有真正的王者，才有資格對這世上的芸芸眾生，無論強弱貴賤，都抱有全然平等的悲憫之心。

那一瞬間，黎楚由衷因為自己認識沈修而感到榮幸。

他笑了起來，向十六歲的白王沈修遞上啤酒，看向頭頂的星河，說道：「我敬你一杯，為你的——飛蛾撲火的資格。」

沈修茫然與他碰杯，見到他一口飲盡，就跟著喝完了自己手中的。

黎楚又遞給他一罐啤酒，道：「再來，這次敬長眠在地底下的先王們。」

沈修只得跟著喝完。

黎楚好似一定要把自己搬上來的整箱啤酒都喝完，用說不完的敬酒詞，跟沈修兩人在天臺上輪流灌酒。

等他說到「敬你和我十公分的身高差」時，沈小修已經喝得醺然忘我，想了半天，反駁了一句「明明只有九公分」。

黎楚暗自好笑不已，一邊用身體裡預設的代碼快速代謝掉酒精，一邊作弊拿起之前喝完的空罐子，假裝自己還在喝，又不斷給沈小修遞過去最後幾罐。

沈小修對酒精還沒有太大抵抗力和適應性，但喝到後來也覺得不太對勁，只是迷濛間見到黎楚溫順地跟自己倚在一起，那雙琥珀色的眼睛專注地看著自己，忽然也就不想說什麼了。

他們在月下接吻，在深夜飲酒，都是十六歲的沈修不曾奢望過的輕鬆愉悅。

夜裡，天臺上七零八落，滾了一地的空啤酒罐。

頂樓某間客房的床上，黎楚悄無聲息地翻身坐起，就著朦朧的月色回頭看了一眼。

沈小修在夢裡蹙著眉，表情很有幾分威嚴，只是一手搭在黎楚腰上，被他的動作抖落下來。

黎楚壞笑著戳了戳他皺在一起的眉頭。

沈修感受到他的氣息，舒展開眉眼，抿了抿嘴，壓住了嘴角微微上翹的痕跡。

黎楚取了沈修的外套，將自己裹住，又立起純黑色的衣領，匆匆離開了Z座。

他一直走到關押亞當的門前，被守衛沉默地攔住。

黎楚遞出一張紙條，說道：「陛下的手諭。」

守衛展開字條仔細地檢查，又檢測上面有沒有契約者偽造時留下的博伊德光，最終還是放黎楚進去了。

黎楚默默收回紙條，握在口袋裡碾碎了。

這原本就是他偽造的，只不過並非使用能力，而是通過預先編寫的代碼控制自己的手。

同組的鐘曉走了，亞當卻被關在裡面。

因為這天下午，SgrA真的發現了亞當參與事件的證據，他和鐘曉的說辭有一個地方對不上。

鐘曉說亞當在進入特組之前就已經只有二十七公斤重，但亞當先前所言是，

靈魂侵襲

因為特組要求而留下了部分身體。

黎楚進門後，大門自動合上，他匆匆走到亞當門前，見他在裡面側臥。

「你居然又來找我。」亞當漠然道。

黎楚嘆了口氣，道：「少廢話。你再多說，我就改變主意了。」

亞當起身走到門口，他們隔著通風口的柵欄對視。

屬於親密戰友的默契使他們彼此心照不宣，黎楚眼中流露出一絲笑意。

亞當隨即打開能力，將自己的左手變換成細長的奈米粒子流，從柵欄的縫隙中穿過，隨後又把末端變成了一副瑞士軍刀。

黎楚使用能力，無聲解開合金門的密碼鎖的同時，亞當已經用靈活無比的奈米粒子流解開了其餘物理鎖。

門打開了，亞當又在門鎖上刻意留下了很多暴力破解的痕跡。

做這一切時，為了掩蓋這些動靜，他們佯裝大聲爭執，黎楚大力地捶了一下合金門。

亞當趁機走了出來，立刻將全身化成液體的粒子形態，纏繞在黎楚的風衣下。

守衛聽到動靜，問道：「黎楚先生，你是否需要幫助？」

黎楚將亞當藏好，知道他不能在這種非生命形態下堅持太久，立刻快步走了出去，佯怒道：「不必了。」

他不再理會守衛，大步流星到了北庭花園，將亞當放出來。

亞當快速地變形為雄鷹形態，拍打強健有力的雙翅後便飛上了天空。

他留下了一句話：「下次見面，我會殺了你。」

黎楚罵道：「滾滾滾，白眼哈士奇。」

黎楚走回Z座門口，沈修就在門前等待。

樓中燈火通明，沈修卻站在暗處，他身上帶著酒氣，髮梢有些濕，可能是匆匆洗了把臉。

「去哪？」他疲憊道。

黎楚想了半晌，最後老老實實道：「我去放了亞當。」

沈修蒼青色的雙眼看了他許久，低低地道：「馬可想抓你，被我打發回去了。他的能力，是觸碰到綠色植株後，就能無限距離地共用其感知。北庭花園每一處角落他都親自栽種過植物，只有我的房內例外，你做任何事他都會立刻知道。」

黎楚極為吃驚，他沒想到沈修就這樣將馬可的能力告訴他——他不準備興師問罪嗎？

沈修隨意地替黎楚拂去肩上的落葉，說道：「去睡吧。」

「等等，你……」

黎楚下意識喊住了沈修，卻不知道接下來該說什麼。

沈修對他的信任光明磊落，正如他對亞當的信任全無保留。

沈修彷彿看出了什麼，拉過他，在他唇角留下輕輕一吻。

「喜歡我嗎？」沈小修慵懶的口吻帶著醉意，「再多喜歡一點。」

黎楚茫然看著他，不明白他為什麼忽然提出了「喜歡」這個毫無關聯的詞語。

「我犯了錯……我信任你，不出於事實，只出於感情。」沈小修慢吞吞地說，「我原本……可以是很好的王，沒有畏懼，沒有弱點……是你……給了我畏懼，又教我……三番兩次，打破規矩。是你……毀了這一切。」

沈小修醉醺醺地說完，頭抵在黎楚肩上，又睡了過去。

11

次日晨，兩人都宿醉了。

塔利昂得到許可進門後，看到的就是兩人對坐在沙發上各自揉額頭的場景。

沈修臉色陰沉，口吻還算平和：「坐吧。」

黎楚兩眼底下一片青黑，連連打哈欠，一臉「頭痛死了別煩我」的表情。

塔利昂坐下後，單刀直入道：「陛下，我們剛剛開始追查亞當．朗曼的嫌疑，黎楚昨晚……」

黎楚怒道：「來告狀是吧！我就是放走了亞當！」

沈修繼續揉太陽穴，半瞇著眼，遲鈍地想了半晌，回覆道：「嗯，我知道了……巴里特呢，再來一杯咖啡。」

「陛下！黎楚再三妨礙我們追查這個事件，您難道不該作出處置嗎？這樣下去，您什麼時候可以恢復正常？」

黎楚瞬間反擊：「處置了我你們也別想問出什麼來！亞當根本就是無辜的！」

沈修頭疼地嘆了口氣，自己走進廚房泡咖啡去了。

塔利昂看著他們，簡直無言以對。

他感覺宿醉的黎楚變成了狂躁的炸藥，而宿醉的沈小修變成了遲鈍的棒槌。

一會兒後，沈修走出來，也為黎楚帶了一杯咖啡。

兩人咕嚕咕嚕喝完，黎楚趴在沙發上，殺氣騰騰地看著塔利昂。

塔利昂平緩語氣道：「亞當是否無辜不是由你決定，我們正在調查他的嫌疑，你為什麼私自將人放走？」

「他處在危險之中你們看不出來嗎？」黎楚哼道。

「這不是你放走他的理由。」

「算了，知道你們草包，我大發慈悲地告訴你好了……」黎楚在口袋裡翻翻找找半天，困惑地發現找不到想要的東西。

過了一會兒，沈修意識到什麼，在自己的外套口袋裡一翻，果然找到一張紙條，遞給黎楚。

黎楚將紙條在塔利昂眼前展開，說道：「這是亞當給的提示。把沈修變成這樣的是一個契約者，還是特組的高層人士，至少許可權比鐘曉高。就是這名單上的某個人，偷了沈修的『十年時間』。」

塔利昂查看名單時，他繼續道：「他的說辭和鐘曉不一樣，還要特意提醒我去『問鐘曉』，知道為什麼嗎？這是他刻意留下的疑點，告訴我們特組也是被幕後的人利用了。

「亞當在特組也是間諜角色，真正的黑手藉由控制他的共生者來逼迫他辦事。當我問他是否被脅迫時，他回答『不能說』、『不能』，而不是『不想』，懂吧？他的話和行為也被黑手用不知名的手段監視著，所以必須作出『攤牌』承認背叛的表象。」

塔利昂擰眉思索，道：「既然他被監視，你怎樣斷定他給的名單是正確的？」

「因為幕後黑手想讓 SgrA 將矛頭指向特組，所以他們大費周章讓亞當進去特組當間諜，又不知用什麼手段讓那個契約者用能力暗算我——哦，他們本來是想暗算我，把我的喜好和網名都調查得挺清楚。」

黎楚慢條斯理地分析道：「這個名單當然是真的，他們就是要讓我們抓到那個契約者；而亞當別的暗示是黑手沒有料到的，正是亞當在他們監視下還給我留了線索，我才知道這次事件，除了特組還有協力者在背後操控。」

塔利昂道：「按照你的說法，亞當始終在我方陣營，他之前的行為都是出於受到脅迫和監視？」

「你知道亞當是多優秀的情報人員嗎？你以為若不是他故意留下破綻，你們會發現他有嫌疑？」黎楚嗤笑一聲，緩緩道，「不要太小看我的搭檔了。他做的一切，包括寄件的緊迫時間、在北庭花園和我對話透露 GIGANTIC 情報，甚至故意讓你們查到嫌疑、暗示我問詢鐘曉、給我名單時的對話、昨晚被我放走時的留言，一切都是在幕後者的監視下進行，卻為我方帶來了大量的情報，換作是你，你能做到嗎？」

塔利昂一時無言以對。

「我昨天才想明白，亞當甚至連黑手的反應也預測到了。他透露 GIGANTIC 的情報後就恢復了伴生關係，如果他不願意，我不會發現這一點，但他讓我發現了，他通過巨大的代價告訴我：幕後的人就是GIGANTIC。

「因為在他洩漏了GIGANTIC的情報後，監視者立刻發現了這項行為，作為對他的懲罰，毀掉了他留下的那部分身體，因此他無法繼續和共生者體液交換。昨晚如果我不放走亞當，GIGANTIC很可能為了讓他保密，而選擇殺了他的共生者；但我放他走後，對方只會覺得我心慈手軟，亞當仍有利用價值，也就可以繼續潛伏。他一定會回來，帶回更多情報，你懂了嗎？」

黎楚就這樣用反問句將塔利昂逼得啞然無聲。

即便沈修，也料不到黎楚和亞當可以在兩個王系組織的雙面監視下，交換了如此多的情報。

塔利昂沉吟許久，黎楚透露出的大量資訊令他一時間難以決斷，片刻後從另一個角度問道：「如果真是這樣，對方想要對付你，並陷害特組的人，陛下是意外受到了牽連，那麼為什麼GIGANTIC會暗算你？」

這次黎楚沉默許久，終於道：「我不知道。」

他看向沈修，寄望他能知道一些赤王文森特的想法。

但沈修也搖了搖頭，說道：「原本『我』準備和文森特談談這件事，但發生了這個意外後，我就把會面推遲了。」

「推遲也好。」黎楚想了想道，「如果 GIGANTIC 發現你處於虛弱狀態，說不定會直接打上門來……你們那什麼表情？」

黎楚說到「虛弱」時，塔利昂眼神裡都是「你太天真了」的神色，沈小修的臉上也流露出一絲不以為然。

沈小修道：「論王位，我是四王之首，『最古之王』。論資歷，我十六歲就比赤王文森特的在位時間更久。如果按照正常的時間來算，我當與文森特的先王同輩。」

「……四王還有排名的啊？」

兩人對視了一眼，黎楚莞爾道：「行了行了，我知道你最厲害。那撇開 GIGANTIC 的威脅不談，來看看亞當給的名單。」

亞當的名單上列了九名懷疑的對象，都是他認為可能與 GIGANTIC 合作，以他的名義寄件，想要暗算黎楚的黑手。

SgrA 與特組接觸的時間不算久，但後者對白王沈修算得上熟識。SgrA 成立後，地位超然，隱隱然形成了以白王為中心的一大超級勢力。且以王的身分，有權對自己領地上所有組織下達命令，只不過沈修不常干涉政體和組織等等的運轉。

從亞當和鐘曉接到命令後就被送來這件事，便能看出 SgrA 和特組之間的關係，在沈修權威日益加重的近年來，已經有了上下級的趨勢。

特組成員基本上在 SgrA 內部都有資料，面對亞當的名單，只需要一一分析對比，再加上情報組契約者們的能力，塔利昂等人很快把嫌疑範圍進一步縮小。

不過就在他們準備提出新一輪會議進行討論的時候，一次內部通訊打斷了這個進程。

薩拉撥打了Z座的電話，因為座位比較近的緣故塔利昂就接了，他聽了一會兒後，說道：「陛下，有人來自首。」

自首？

黎楚十分意外，不過沈修似乎早有預料。

他瞪了對方許久，磨著牙道：「你是不是早就知道對方是誰了？」

沈修默不作聲抬起手，掩飾性地咳了一聲。

塔利昂：「……陛下？」

兩人看著沈修。

沈小修眼神游移不定，唔了一聲道：「嗯。其實我這麼做，是想考量你們的辦事能力，還有，找出 SgrA 內部是誰洩漏情報……」

黎楚緩緩道：「所以說，你除了 GIGANTIC 那部分情報以外，一早就知道是特組裡誰的能力偷了你『十年時間』？」

沈小修看著窗外，點了點頭。

「其實……十年後的『我』……是同意這件事的。」

黎楚：「……」

塔利昂：「……」

黎楚憤怒地撲上去掐住沈小修，殺氣四溢地說道：「開了那麼多會，懷疑這懷疑那，我和亞當都被關了，結果你早知道是誰！你是不是在幫我製造一個幹死你的藉口！」

沈小修被他壓在沙發上，艱難道：「冷、冷靜……聽我解釋！」

黎楚怒道：「我殺了你！」

「放肆！」旁邊塔利昂站起身道，「黎楚，你竟敢以下犯上，這樣對待陛下——」

黎楚扭頭看他，手上一鬆，沈小修也轉過頭來。

兩人看著他，同時道：「你先出去。」

塔利昂：「……」

12

黎楚咬牙切齒道：「從實招來，坦白從寬，不然撓癢癢撓到死。」

……最近他從網路上學到的奇怪招數越來越多了。

沈修無奈想了半晌，道：「外面自首的，應該是白林教授，我的授課老師之一。按照約定，他獲得我的三天時間以後，就要來自首。」

一切從沈修出事的那晚說起。

如SgrA猜測的那樣，以亞當名義寄來的糕點中沒有毒素，但有契約者以其中原料——微量血液——為媒介使用了能力。

沈修被黎楚哄得吃了一塊榴槤酥後，特組的白林教授發動了他的能力。

深紅契約：以心臟中精血為代價，指定與一名契約者進行交易，交換的內容必須是雙方確實擁有的東西，包括身體的任何部分、記憶、技能、時間等等。

能力限制：交易的對象必須擁有比自身更高的權威等級，且在契約發動後雙方都同意進行交易。

事情發生前，沈修站在樓梯上的短短幾秒內，在他的意識空間裡已經與白林教授進行了長時間的會談。

白林教授是博伊德博士帶過的弟子之一，而後者正是博伊德光的命名人，異能研究領域的泰山北斗，由此可見白林在特組中的地位。

他曾受先王之邀，在沈修年幼時，負責教導他關於乙太介質、異能和王權等等知識。

他現在已是耄耋之年，頭髮花白、雞皮鶴髮，但脊背挺直，顯露出年輕時的軍人風範。

在意識空間裡兩人相遇時，雙方都極為吃驚。

沈修沒想到會在將近二十年後再遇到這位授課老師；而白林更為驚愕，他原本使用能力的目標是黎楚，萬萬沒有料到最後居然會是沈修。

見到沈修之後，白林就知道自己絕無可能再偷襲得手，坦白了全部實情。

白林說：「陛下，我不求您寬恕我的冒犯，但我如今行將就木，等我的共生者咽下最後一口氣，我就將跟著死去。只是死亡的期限實在太近，我還有很多事來不及做，我這次使用能力，只想交換最後一點時間，讓我安排完我的身後之事。」

沈修沉吟片刻，知道了白林原本打算使用能力與黎楚進行交換。

他心思極快，立刻察覺到事情不對，問道：「白教授，無論如何，你沒有原因突然針對SgrA的人交換時間，是什麼人指示你暗算黎楚？請告訴我事情原委。」

「陛下，這件事或許要從很久之前說起。您應當知道我的能力有所缺陷，只能對強於我的人使用。十多年前，我的共生者中風之後，我解除了伴生狀態，但她命不久長。國家照顧我這個老人家，一直在安排人為我交換來額外的時間，我就靠著能力，用我的感情、我的記憶、我的一切可以丟掉的東西換來別人的時間，讓我的共生者活得更久一點……

「直到最近一段時間，我的能力突破了領域級別，達到領域優先，那之後能與我進行交換的，只剩下為數不多的強者了。那些強者的時間遠比我這個將死的老頭珍貴，國家不可能繼續安排下去——我就知道，我苟延殘喘的時候不多了。我不畏懼死亡，只是畏懼我死後，還有太多東西沒有交代，太多設想沒有施行，我的學生們還不能獨自主持我的項目……可是我的時間太少啊，真的太少。

「大約是半個月前，一個新來的契約者，亞當．朗曼，告訴我一個辦法。那就是用他的名義向 SgrA 寄件，再用他的性命威脅黎楚同意與我交換時間，他的要求是：只交換三個月，不多也不少。他還告訴我，黎楚的級別是準領域權威級，剛好能使我發動能力。」

沈修淡淡道：「所以你就敢與他合作，暗算我想保護的人？」

白林教授苦笑一聲，沙啞地說道：「陛下，若在從前，我絕不敢這樣做，但如今我已經是將死之人了，在這裡苦苦掙扎，不過是想多那麼一點安排後事的時間。您還年輕，為王的日子還十分長久，或許不能理解我一個老頭子，在死前，有多渴望將自己的知識統統留下來，留給年輕的孩子們。我只恨自己死後只會留下一具醜陋的屍體，卻留不住我七十年來苦心鑽研的一切。」

沈修不置可否，許久後，說道：「說說亞當．朗曼。如果我沒有猜錯，他是伊卡洛斯基地中，黎楚以前的熟人。」

「他是伊卡洛斯首領麾下的情報人員之一，剛被特組收編。我不是很清楚關於他的情報，只是他的能力極為特殊，能夠變幻成幾乎所有生物的外形。」

沈修聞言，陷入了沉思中。

這之前，他一直懷疑SgrA出了GIGANTIC的間諜。

整理一下最近發生的事件：GIGANTIC為了黎楚滅了伊卡洛斯基地，莫風詭異暴露；共生者羅蘭被抓回來時殺死了安德魯和莫風，莫名變成黎楚——沈修只得對外隱瞞黎楚的共生者身分，當作一個契約者新人帶在身邊看管，這一點姑且不提。

SgrA的成員情報原本相當保密，但緊接著黎楚原本是伊卡洛斯之人的情報就洩漏了出去，引來GIGANTIC的進一步追殺。

若不是有頂尖的情報人員從中周旋，GIGANTIC怎麼可能會使莫風暴露，又怎麼會知道黎楚來到了SgrA？

亞當沒有管道獲取SgrA的內部情報，這中間必定還有人與他接應。

沈修想了許久，最終道：「三天，白教授，我給你三天時間。」

白林震驚道：「陛下，您真的要這樣做嗎？您的時間被交換走，絕不是一件小事。」

「我自然有我的目的，而且我也有額外的條件。」沈修淡淡道，「白教授，我希望你交換走我的十年時間，然後你可以去做你想做的事，但三天後，你必須前來自首，將時間交換回來。」

白林問道：「陛下，即便您心意已決，您不擔心……我不遵守諾言嗎？」

沈修漠然道：「自我為王，從未有人對我違背諾言，你如果想，大可以試試。既然我敢讓你這麼做，自然有本事讓你遵守約定。」

「我明白了，陛下……」白林顫顫巍巍單膝跪下，說道，「無論如何，感謝您給我這個老頭子三天時間。我以我的性命和信仰發誓，一定會在三天之內，回來自首。」

沈修垂眼看了他許久，緩緩道：「你老了，白老師。十幾年前，你教導過我八個月的時間，而我現今能給你的，最多，也就只有這三天而已。」

兩天半之後的現在。

「你就這樣換走了時間？」黎楚皺眉道，「我怎麼不太懂？為什麼你被換走十年時間，反而是變小？」

沈小修喝了杯溫水，嗓子仍有些嘶啞地說：「你們沒理解『時間』的含意。拿走我的時間，是只能拿走我已經擁有的時間，我未來的時間是我還未有的。

「你以為他該交換『壽命』嗎？但『壽命』是最無法擁有也最不能確定的東西，即便是王，也說不定會在幾十年後還是下一秒死去。所謂『時間』，是已經度過的，才算擁有；即將到來的，實際還沒來。」

黎楚想了一會兒，終於想明白了，又問道：「那你變小了之後，不是失去記憶嗎？」

「那點時間雖然短，也足夠我用能力在筆記上寫下一點東西了。」

「……所以你第一天看了筆記，就知道事情的來龍去脈了？你瞞了我們所有人這麼久？你有沒有考慮過忽然小了十歲，SgrA 會多慌！」

沈修咳了一聲，解釋道：「其實我有考慮過，不過我想知道遇到突發狀況，SgrA 是否有足夠的能力獨自應對。畢竟我……現在還沒有建立 SgrA，我想知道未來我的選擇是否正確。而且這麼做就是為了打草驚蛇，通過巨大的變故找到 SgrA 內部可能的間諜，還有確認 GIGANTIC 的態度，所以最好不要告訴任何人……」

黎楚問：「那我呢？」

沈修低聲道：「也不排除是你自己洩漏情報的可能……」

黎楚怒道：「難道是我自己安排 GIGANTIC 追殺我自己嗎！」

沈小修被吼得耳朵發麻，連忙轉移話題。

「我回到十六歲以後，第一件事就是觀察 GIGANTIC 的情況，他們真有安排間諜的話，應該會很快知悉我的狀況並有所動作，但是他們並沒有。接著我對 SgrA 內部的會議進行觀察，也沒有發現可疑的情況。昨天亞當到後，我安排馬可監視他，但是除了你以外，根本沒有人與他接觸……」

黎楚皺眉道：「究竟有沒有內奸存在？」

「有。」沈修沉聲道，「排除所有人後，剩下的可能就是——莫風。」

「莫風已經被我殺死……」黎楚訝異道，「難道他在死前就能洩漏我的情報？」

「如果 GIGANTIC 已經知道你就是羅蘭，那麼定然就是莫風了。」沈修道，「他原本是馬可安排在伊卡洛斯內部，暗中保護羅蘭的人……」

「他想殺我。」黎楚淡淡補充道，「不是羅蘭，他想殺的就是我。」

他確實殺了我……黎楚心想。

沈修緩緩道：「那麼他就是內應了。」

找了半天，內奸居然是個死人。

黎楚鬱悶道：「線索就這麼斷了？只能直接去問 GIGANTIC 幹嘛沒事要殺我了？」

沈修沉吟片刻道：「未必，這件事還有一個疑點。那就是 GIGANTIC 為何大費周章，要偷走你的三個月時間？」

13

事情簡直像是一團亂麻，好在如今終於有了線頭。

如果莫風就是間諜，那麼他首先為 GIGANTIC 在 SgrA 臥底，又為 SgrA 在伊卡洛斯臥底，洩漏了黎楚的情報給 GIGANTIC。接著伊卡洛斯被滅，他回到 SgrA，和安德魯一起捉回羅蘭，然後不慎被黎楚殺死了。

按理說，他死前不可能知道黎楚會加入 SgrA，他又如何把黎楚的現狀再次傳遞給 GIGANTIC？

沈修猜測是莫風將黎楚未死的消息帶回 GIGANTIC 後，亞當就被派出來用特殊的方法釣黎楚上鉤，而黎楚真的來尋亞當了，後者也就發現黎楚加入了 SgrA。

情報人員的世界簡直爾虞我詐。

黎楚光想就覺得頭又疼了，感嘆道：「人類真他媽的複雜。」

沈修又喝了一杯咖啡，說道：「該去見見白林教授了。」

白林在大廳等了很久。

他穿著軍綠色大衣，裹得很牢但依然消瘦不已。雖然消瘦，他卻身形筆直，像一桿槍站在牆邊。

白林的衣著相當簡單老舊，腳上是一雙布鞋，讓人怎麼也想不到，這個又老又土的老人，會是國家最重要的國寶級科學家之一。

SgrA 成員們暫時不知道白林來自首，不過因為薩拉最先得知消息，她就直接帶著白林進門，順便招待一下。

薩拉聽說白林教授是傳奇人物博伊德的弟子，就藉著這個機會倒來一杯水，不停打量白林。

白林接過水，道了聲謝。

他站在那裡，看著牆上掛著的一幅畫。

薩拉好奇地問道：「教授，你在看什麼？」

白林灰白色的眼睛看了薩拉片刻，後者油然有一種被睿智長者看了個通透的感覺。白林卻捧著杯子，溫和地說道：「小姑娘，妳知道這幅畫裡是哪條河嗎？」

薩拉這才去看那幅掛了很久也沒人注意過的畫，猜測道：「這是大運河？」

「這是通濟渠，隋唐大運河的一部分。」白林點了點頭道，「妳知道它是何時開鑿的嗎？」

薩拉絞盡腦汁想了半晌，覺得可以從這個名字「隋唐大運河」入手，尷尬地猜道：「唐明皇？呃，李世民？」

白林笑了笑說：「不對，是隋煬帝楊廣下令開鑿的。」

薩拉有種被喜歡的老師問了問題卻答錯了的窘迫感，臉上微微泛紅，但白林寬容又和藹的氣息令她如沐春風，像面對著自己的長輩，更多的是親切和依賴。

白林看了這幅畫許久，語調平穩又恰到好處地說道：「這條大運河連通南北，促進經濟交流，堪稱功在千秋。但隋煬帝最早開鑿時，動用了上百萬民力，一億五千萬人工，動輒累死、坑殺上萬人。

「最後建成，他就三次乘船巡遊，一邊賞景一邊飲酒作樂。他的龍舟上下四層，後面的船隊跟著上千嬪妃和官員，船大到難以在河中航行，楊廣又令八萬多縴夫日夜拉船。」

薩拉在白林的話語裡感受到歷史的沉重，接著又想：古代真是野蠻。

白林彷彿看出她心中所想，溫言道：「小姑娘，隋唐大運河並不野蠻，反而是文明的體現。它雖然浸滿人民的鮮血，卻是世界上最偉大的工程之一，對我國的經濟有著重大的意義。」

薩拉忍不住道：「可是楊廣為了大運河害死那麼多人，就是錯的。」

「是啊……他是錯的。陛下不足十歲時，就這麼告訴我。他說，無論功過，不談結果，楊廣害死了人，那麼就是錯。他還說，是非黑白不能多想，世界上也沒有所謂灰色地帶，是錯誤、是罪惡的，就絕不容人洗白……咳咳咳。」白林低頭咳了片刻，說道，「我一大把年紀，就被一個小了我幾十歲的孩子教育了。」

薩拉聽他提到沈修，肅然起敬，由衷地心想：陛下小的時候就那麼帥！

白林又緩緩說道：「可是，這是一個國家啊。如果沒有這些累死的工匠，就不能在那樣短的時間裡鑿出一條大運河。如果沒有人犧牲沒有人奉獻，我們的國家……要多久，才可以崛起於世界強國之林？」

薩拉忽然之間，就被他深深震撼。

「是非黑白有多重要？從隋煬帝至今，一千五百年，強征徭役已經漸絕，可是想要發展，想要迅速發展，怎麼可能沒有犧牲？」白林低聲說，「我為實驗室招收助手時，常常告訴他們會加班，一週休息半天，一年到頭年假不過三天，資金短缺的時候還幾年發不了薪水……可是每年畢業出來的那批最優秀的孩子們，永遠都有人求著我要加入。他們不為別的，只是聽說我的項目正在和德國競爭研究前沿，他們想要幫助我，想幫助祖國一臂之力。」

白林深深吸了一口氣道：「這艘龍舟，上面坐了十四億人，多沉，多重啊……但總要有人站在岸邊做默默無名的縴夫，總要有人寧可累死在岸上也想拉動這艘大船。明明坐在船上為自己過日子，就可以輕鬆快樂地享受一輩子，數不清的人就是這樣在船上飲酒作樂，度過一生。可是……這是我的國家啊。我怎麼能心安理得，怎麼能視而不見？

「我有時會看到還沒畢業的孩子們，對我這裡充滿嚮往，認為參與一項大的研究是很光榮的事情。可是我看著他們，卻常常感覺他們是這個國家的祭品，一批又一批充滿熱血的優秀年輕人埋頭奉獻了人生和信仰，只恨自己擁有的還不夠多，只恨能獻出來的人生太短。時間……真的太少啊。

「我只活了七十二年，人生太少、太短，我還有太多事情可以做，太多東西想要對年輕人們傳授。我苟延殘喘地交換別人的時間……我看著他們，總是想：你們用來發呆、用來娛樂、用來無所事事的時間，為什麼不能給我呢？給我啊！我還想再多帶一年專案，想多研發一項技術，我還想在有生之年，看見我的國家，君臨天下……」

白林說完，杵在畫像前，如同一座凝固的雕像。

黎楚站在門外，嘆了口氣。

他將手放在門把上，正準備開門進去。

沈修忽然握住他的手腕，說道：「等等。」

黎楚用問詢的眼神看向他。

沈小修一反常態地遲疑了許久，終於道：「見到白林以後，他就要把時間換回來了。」

黎楚道：「是啊，都是你自己安排好的，怎麼了？」

沈修看了黎楚一會兒，忽然欺身上前，吻了過來。

黎楚猝不及防，被他推在門上，發出一聲響動。

沈修大力按著他，凶狠地逼迫他與自己接吻。他的吻不像往常一般溫和，充滿了急切和焦躁。

黎楚幾次推拒，被他悍然壓制回去，他一度被吻得喘不上氣來，最終忍無可忍地抬起膝把他撞開。

「你……發什麼瘋。」黎楚摸了摸嘴唇，喘息道。

「陛下？」薩拉聽到響動，敲了敲門。

「走開！」沈修低聲喝道。

黎楚皺著眉，與沈修對視了片刻。

沈小修的眼神像悲傷的獅子，許久後低低道：「抱歉。」

黎楚不明所以，道：「你怎麼了？」

沈小修恢復了平靜，他凝視黎楚很久的時間，說道：「你……有喜歡我嗎？有那麼一點，為我心動過嗎？」

黎楚瞳孔驟縮，失聲道：「你說什麼？」

「我沒有『時間』了。」沈小修漠然說，「白林把時間換回去，我就變成十年後那個白王。現在站在這裡的我，記憶和感情都會戛然而止，那和死亡有什麼區別？這就是我最後一次見你，最後一次跟你說話了。

「過去的時間不會改變，我不會回到我的時間點上，只會就這樣消失。我就像白王沈修十六歲時的一個鏡像，只存在三天的時間而已。我本來應該按照安排，帶領 SgrA 找出內奸，可是我沒有這麼做；我只是看著 SgrA，看著你，我還出去看了這個世界。我不想按照計畫來了，因為我只有三天，我應該做什麼？」

黎楚：「你……」

沈小修打斷道：「塔利昂說我任性，對，我很任性。我想說的話再不說完，就沒有機會了；想做的事不趕緊去做，就沒有機會了。所以我這兩天說的話實在夠多了，我要將未盡的話都說完，然後才能甘心，變成那個白王沈修。」

黎楚怎麼也沒有料到，沈修的改變不是因為他變得年輕，而是因為……他沒有時間了。

所以他一反常態，喝了酒，還說出了他的身世和祕密。

沈修本不是多話的人，他只是有千言萬語都來不及說。

沈小修緩緩道：「你有沒有喜歡過我？只是我，站在你面前的這個沈修。」

黎楚茫然道：「我……沒有想過這種事。」

「我還想，只要你一句話，我就殺了白林，不要那十年了……就這個樣子，也挺好。」沈小修自嘲地笑了笑，「算了。你不必進去，我自己去換白王回來。」

黎楚心內天翻地覆，被他的一段話語激起了千萬種思緒。

和沈修的每一次相處，都在此刻被轉瞬間回憶起。針鋒相對或是脈脈溫情，都在光陰的輾轉、流年的偷換裡，被漸次熔融。

「我還有最後一句話，不說就沒有機會了。」沈小修說，「再見，黎楚，我愛你。」

Episode 6

蝴蝶遷飛

SOUL INVASION

靈魂侵襲

1

白林教授去世了，他的共生者壽終正寢。

這個消息成為了第二天的頭條新聞。他帶的項目和研發的技術在當今仍有很多屬於機密內容，於是人們在懷念他的時候，更多是提到他在研究專案的領導能力和目光的長遠性，還有他令人津津樂道的早年生涯。

他跟隨博伊德博士學習了四年時間後，帶著許多新技術回國，這一點至今被外媒所抨擊，認為他是卑鄙的竊取者。但這無損於他在國內的榮光，他死前的三天裡，為他的學生寫下了數萬字富有前瞻性的引導論文，而他的學生們也將繼承他的遺志，繼續走在前仆後繼的獻祭道路上。

為了國家。

薩拉很難過，她很喜歡這位長輩一樣溫柔的科學家，即使只是見過短短一面，聽了他臨終前的一段話。

她被這世上另一種生存的信念所震撼了，白林教授身為一名後天型契約者，竟與其餘契約者全然不同。他並非為自己而活，也不以自己的利益為至高無上的目標，在他沒有解除伴生關係的那些年月裡，根本沒有感情，那是什麼驅使著他兢兢業業七十二年，猶恨時不我待？

但這個問題或許永遠成謎了。

薩拉將白林的話轉述給安妮聽，又道：「我第一次知道，世界上有人是這樣子活的……他問我為什麼不能把多餘的時間給他的時候，我真的覺得好遺憾，為什麼他不能多活兩天呢？有些人多活兩天什麼都不能幹，可是白林教授多活兩天，能作出多大貢獻啊！」

安妮坐在桌上抽了支菸，靜靜地聽完，支著手肘，吐著眼圈道：「傻瓜，人生不是這樣比較的。」

薩拉坐回床上看著她，撅了撅嘴表示不滿。

安妮莞爾看著自己的契約者嬌憨而不自覺的表情，一邊將菸熄了，一邊淡淡道：「妳覺得白林的時間就比其他人好用，或者說珍貴嗎？」

薩拉本想說是，然而又感覺這種說法有哪裡不太對。

「妳知道陛下會怎麼說嗎？」安妮道。

薩拉搖搖頭，但聽到沈修的名頭，下意識坐直了身子。

「陛下會說，人的生命與他怎麼度過一生是沒有關係的。妳為別人、為國家，哪怕為整個人類社會奉獻出所有；或者妳只為自己開心而活——這兩種活法都是生命，生命不能作比較，妳永遠不能說前一種人的生命就比後一種來得珍貴。

「誰都覺得隋煬帝是揮霍人生，但他不也促成了大運河嗎？更何況這並非純粹是比較生命價值的問題。我問妳：假如白林教授現在仍活著，但要活下去有一個條件，就是讓妳到街上隨便槍斃一個普通人，妳會做嗎？」

薩拉不假思索道：「不會。」

「所以，有感情的人都本能地知道是非對錯。剝奪一個人的時間給另一個人，本身就是錯的。」安妮笑了笑，漫不經心道，「人的生命無法用價值衡量，做對比是庸人自擾。在陛下的眼裡，就不會有這種問題。就像他從來不計較我在你們契約者之間混日子，只要我沒有做過錯事，個人的生活作風是每個人的自由。」

薩拉用充滿感情的眼神看著安妮，說道：「我明白了。」

在安妮說到她自己後，薩拉明白了另一件事。

假如要讓白林教授活下去的條件是剝奪安妮的時間，薩拉一千個一萬個不願意。在薩拉的心裡，無論多偉大的人，都不能和安妮比。

薩拉從沒有這樣明白這個道理：

任何人的生命都不能隨便剝奪和轉贈，因為無論多渺小卑微的人，都可能被人深愛著。

與此同時，二十六歲的白王沈修回到了SgrA。他首先出面穩定了局勢，歸來後的第一天完全忙於政務。

SgrA的成員都有一種心裡有了底的感覺。

唯有黎楚，那天之後悵然若失，彷彿失去了什麼重要的東西。

他前二十年的人生，不知喜怒哀樂為何物，活在一個單調規律而又血腥殺伐的世界裡。

直到成為共生者，何思哲的平凡人生活叩開了他緊閉的心扉，沈修又用潛移默化的縱容和保護化解了他的敵意，這短短時間裡，他的感情起伏遠比前二十年來得精彩難忘。

黎楚已經學會了很多，但或許仍然不夠。

十六歲的沈小修用他突如其來又充滿震撼力的告白，摧毀了兩人間朦朧阻隔的輕紗。

沈小修年輕，可他已經具備王者風度，他縱橫捭闔深得人心，他對感情的領悟亦遠超黎楚許多，黎楚無法用任何理由或方式當作他的表白是一個誤會。

他的愛年輕而熾烈，洶湧而來，不由得黎楚不動容。

黎楚茫然想了許久許久，直到晚上八點，沈修叩響了他的房門。

打開門，外面站著的是他熟悉的那個白王。他依然是銀白色冷色調的髮和眼眸，神色與他年輕時沒有太大區別。

他沉靜地說道：「你在房裡坐了一整天，在想什麼？」

黎楚讓他進入房內，兩人對坐著沉默了一會兒。

沈修道：「你是否在躲我？」

黎楚否認道：「沒有，我又沒欠你錢。」

沈修微微蹙眉，提醒道：「現在已經八點半了，如果我不來敲你的門，你是不是……」

「我沒有忘記約定的事。」黎楚當即說道，他站起身，等待沈修如同以往一樣地，與自己交換一個吻。

沈修緩緩道：「我只是想提醒你，你該吃晚飯了。」

黎楚：「……」

片刻後，黎楚惱羞成怒道：「你過不過來？」

沈修眼中帶著一絲笑意，他安撫性地輕輕擁著黎楚的肩膀，將他帶到自己身前，但隨即感覺到他竟然瑟縮了一下。

「怎麼了？」

黎楚自言自語道：「又比我高了……」

要不要我過兩天命令骨骼再長長？

沈修對他跳躍的想法簡直無奈，索性一言不發，吻了過去。

沈修的氣息籠罩下來，黎楚從這個久違又熟悉的吻裡感受到他的溫柔。

這一次黎楚心跳得很快，甚至不由自主地患得患失。

這個人……是不是愛著我？不對，他不是十六歲的沈修了……可是這個吻……

沈修的眼神和吻，都帶著一種使人顫慄的力量。黎楚沒有把握，也不知道這究竟是不是代表愛。

沈修詫異地發現黎楚走神了。

他放開黎楚，問道：「你究竟怎麼了？」

黎楚把一句「你是不是喜歡我」在嘴邊嚼了又嚼，像魚一樣吞吞吐吐半晌，怎麼也問不出口。

面對著眼前的沈修，他不像之前那樣遊刃有餘了，只覺得萬一問出口，沈修又沒有那種意思，那不是——自己豈不是要尷尬死！

黎楚糾結了半天，暴躁道：「我去喝牛奶了！」

沈修茫然無比，看著他摔門出去，嗖一聲溜了。

黎楚憤怒地用能力在網上發了數十篇文章，到處問：

「到底怎麼判斷他是不是喜歡我！」

好在他還有理智，知道沈修關注了「大河二何」，不然萬一用這個帳號在微博上一問，八成又要變成秀恩愛虐狗的範文。

不久後，五花八門的各種回答就出現了。

黎楚看了半天，不是什麼「毫無理由地給你打電話」，就是什麼「留心你的一舉一動」，還有「不提從前的羅曼史」之類的……可是黎楚怎麼看這種舉動都猜不出這是喜歡啊！

——這就是喜歡嗎？感覺不出來啊，人類的感情幹嘛表現得這麼含蓄！

黎楚暴躁地在網上亂翻，又看到一條：「他忍不住把他的一切，主要是能令人刮目相看的那一面，統統告訴你。」

他呆滯地想了一會兒，沈小修說了很多很多，但是現在的沈修就比較沉默了。

——那到底是不是喜歡啦！

黎楚繼續翻，看到還有人說，愛是無法言語的東西，要靠感覺。

——感覺個屁啊！感覺得出來我還需要問嗎！

黎楚憤怒地留言洗頻：「有沒有更直接粗暴的方法！」

於是底下出現了神評論：「有！穿蕾絲丁字褲黑色長筒襪趴他床上，看他硬不硬！」

黎楚：「……」

直接。粗暴。

——網路果然靠不住！摔！

半夜三更，黎楚偷偷摸摸溜進沈修房裡。

他特地選了人類生物時鐘睡得最沉的時候進去，沈修果然正在熟睡中，側躺在床上。

黎楚躡手躡腳，趴在沈修床頭，像隻神經質的大貓，琥珀色的眼睛直勾勾盯著沈修，看了半晌。

指望沈修能在半夢半醒的時候吐真話，首先你要有本事讓他不醒。

黎楚的氣息讓沈修很熟悉，故而混進了他的臥室，但他在沈修的感知範圍裡簡直不容忽視，在那兒蹲了一會兒，就把沈修驚醒了。

沈修眼睛還沒睜開，帶著倦意道：「黎楚？」

黎楚幽幽道：「你在做夢……你在做夢……做夢……」

沈修伸手去摸床頭燈。

黎楚連忙按住他的手，抓緊時間道：「好了，你在夢裡，沒有燈……」

沈修醒了一半，無奈道：「你在玩什麼遊戲？」

黎楚：「沒有燈沒有燈！」

沈修：「……」

好吧，沒有燈，你到底想幹什麼？

靈魂侵襲

2

黎楚蹲在沈修床頭，露出半張臉，捉著沈修的手，與他在黑暗裡面對面。

沈修綿長的呼吸吹拂在他手背上，帶著一絲暖融的溫度。

「你在做夢……」黎楚小聲地說，彷彿怕驚醒了什麼人，「你只是夢見了我，你有沒有感覺不像是自己？」

沈修聽著他喁喁細語，有一種奇異的感覺。就像靈魂慢慢飄浮在空中，看著自己的身軀，看著黎楚，如同一個旁觀者一般。

他閉了閉眼，將這心緒牢牢按捺在心底，伸手攬過黎楚的肩膀，將他扯了過來，無奈道：「你想說什麼還是直說吧……」

黎楚被他帶了過去，索性自己跨上去，雙膝都跪在床上，俯身打斷他說道：

「噓……你有沒有……喜歡黎楚？」

沈修未竟的話語驟然消音了。

他雙眼微睜，因為瞬間的猝不及防與不敢置信，而忘記了呼吸。

黎楚問出口之後，只感覺瞬間放鬆，但緊接著又更加緊張了。

這太奇怪了，他一邊想，一邊小心地等待沈修的回答。

可是沈修良久都沒有聲音，黎楚只覺得時間越來越難熬，不知為何，心裡還越來越覺得不爽，很想死命揍沈修一頓。

——不清不楚說喜歡！現在又不出聲了！沒嘴葫蘆！混蛋！

幾秒後，黎楚被自己煎熬得不行，終於怒了，支起身道：「夢沒了，你等一下再醒！」

話音剛落，沈修忽然有了動作。

他猛地起身，在黎楚腰身上輕輕一環，輕巧地和他交換了位置，前臂橫壓著黎楚的肩膀，沉聲問道：「你說什麼？」

黎楚被壓住，心頭一跳，正想開口——

可沈修並非真的等他回答。

沈修吻了下來，從黎楚的眉梢、睫毛，吻到鼻梁，又輕輕吻到他的唇角。

黎楚茫然推拒了一下。

沈修牢牢將他箍在懷中，低頭埋在他脖頸間，繼而低低地笑了一聲。

——他怎會說這種話……難道真是夢境？

沈修翹了翹嘴角，心想：是啊，他給了我喜怒，當然也能給我做夢的權利。

黎楚不知怎地，回想起許久前，也曾經被沈修壓在床上吻過。

他本能地神經緊繃起來，又興奮不已，從內心深處感覺到一陣顫慄，這感覺與上次不同，卻像是每一次戰鬥時，在刀尖上起舞的危險感和成就感。

黎楚沒有認真掙扎，他喉頭乾澀，順應自己下意識想到的那個問題，低低地問道：「你是不是喜歡我，嗯？」

黎楚第二次詢問，已經等得牙根發癢，但沈修就是不肯說話。

他居高臨下，按住黎楚的動作，接著用溫熱的唇輕輕蹭過黎楚的脖頸，像一頭獅子逡巡著自己的領地，感受上面自己留下過的每一寸氣息。

黎楚瑟縮了一下道：「等——」

他的聲音戛然而止，尾音微微上揚。

沈修輕輕咬著他的耳垂吸吮，感覺到他整個身體微微一震。

——等一下！不太對！

黎楚有些發涼的右耳瞬間感覺被溫暖地包裹了一下，他敏感且難以自制地顫了一下，忙抬手支著床沿，想要起身。

黑暗裡，他隱約看見沈修的輪廓籠罩住自己。

黎楚心臟狂跳，從他一反常態的躁動氣息裡彷彿感覺到了問題的答案。

沈修準確地找到黎楚的唇古，俯身吻了上來，他的手掌順應著本能，用頗大的力道肆意地撫摸與揉按，又順著黎楚衣襟的縫隙探了進去，與他肌膚相貼。

「唔……」

黎楚緊張地喘了一聲，繚亂的氣息又都被沈修吞吃入腹，簡直無從喘氣。

沈修在不知不覺當中，擠開了他的一條腿，以某種極度危險的姿勢，舉著他的膝窩處。

「沈、沈修！」黎楚終於被他放開雙唇，連忙試圖收回自己被抬起的右腿。

沈修動作一頓，卻更為急切地傾身下來，從他弧度優美的下頷處一路往下吮吻，在鎖骨重重留下一個印子。

黎楚胸膛一陣起伏，始終感受到身上溫熱的氣息輕緩吹拂，身上一刺又隨即酥麻，冷不防聽到靜寂的黑暗裡竟然傳來一聲水聲，頓時感覺雙耳都變得滾燙。

他緊張得手臂和腰身上都繃緊了，接著沈修的手竟然從他後腰一直撫摸下去，放肆地順著尾椎骨繼續深入……

黎楚只覺得某根神經一下子斷了！

他暴起反擊，屈膝狠狠給沈修來了一下。

後者悶哼一聲，卻極其迅速地制住黎楚的動作。沈修憑藉更強一些的力道，將黎楚的雙腿壓回，幾乎將他身體折起。

兩人的身體緊緊相貼。

黎楚瞬間頭皮發麻，嚇得完全不敢動彈。

沈修挨了他一下膝擊，吃痛地回過神來：不，這不是夢……？

黎楚趁他愣了那麼一瞬，立刻一個手刀偷襲過去。

他的動作快、狠、準，力量恰到好處地打在沈修腦後動脈上。

沈修一聲不吭，栽倒下來。

黎楚喘了片刻，將沈修推到一邊，自己慌忙地爬下床。他平復了一下呼吸，打開了床頭燈。

因為白化症的關係，沈修房內的燈都非常柔和，只有薄薄一層光暈打下來。

黎楚有點發軟地倚著牆，滿腦子都是轟隆隆雷鳴般的「臥槽臥槽臥槽剛才那個是真的嗎」，好半晌後又默默爬回床上，把手伸過去，偷偷摸了一下……

——操操操操操，會死！愛上這個人絕對會死！會死得滿床是血壯烈成仁！

黎楚一夜沒睡，憤怒地把自己發問的帖子一個一個全都刪了。

當他不小心又看到那個慫恿他爬上床的神評論時，忍不住青筋狂冒，回想起一些不好的東西。

結果刪帖還不得安寧，在進行刪帖大業的途中，有人私訊問：「哈哈，怎麼都刪啦？是不是他硬了，然後啪啪啪啦？」

黎楚：「……」

他匡一聲把手機給摔了。

黎楚打開電腦，刷微博，刷A站B站，就這樣熬了一夜，用左右耳分別聽不同影片這種費神的事情，平復自己受到的驚嚇。

直到第二天早上，他實在熬不住，埋頭睡到了下午，直接把生物時鐘調到了巴黎時間。

等這一覺睡醒，黎楚終於消停了。

他意識到這個很過分、很粗暴、很直白、很難以想像的問題——

他！想！上！我！

那麼另一個很過分、很粗暴、很直白、很令人糾結的問題又來了——

這代表他喜歡我？他對我的告白是真的？我該怎麼回覆他？

黎楚痛苦地捂著臉，繼搜索了「到底怎麼判斷他是不是喜歡我」這個恥度爆表的問題後，又搜索了「到底怎麼判斷我是不是喜歡他」。

人類的感情，對契約者實在太不友好了。

讓人輾轉反側、寤寐思服，讓人食不知味、寢不安席。

就像生命裡第一次看見了光的飛蛾，心裡想的都是：這是火？就是它嗎？它就是我的宿命嗎？

太難猜了，不撲過去試試誰也不知道結局。

黎楚看了一堆跟之前那個問題完全差不多的回答，艱難地作了一個決定。

他欠沈小修一幅畫，他要畫沈小修。

他下意識地感覺到，自己一定會在回憶沈修的過程裡，找到關於感情的最後答案。

晚飯時，沈修回到Z座，下意識地感知了黎楚的位置。他一整天沒看見黎楚，昨夜發生的事情又似夢非夢。

沈修太久沒有做夢，早已經忘記做夢該是什麼樣子，但之前的事，如果說是夢，也太過真實。

他吻著黎楚時，那種悸動已經在胸中翻滾了太久太久，燒灼著他的理智；但若不是夢……黎楚怎麼會忽然問這個問題呢？

沈修深知先天型契約者的情況，黎楚是其中佼佼者，生來就不懂得感情。

早在不知多久以前，他就做過永遠默然守著黎楚的準備。

沈修在北庭後面假山的小涼亭裡找到了黎楚。

黎楚面前擺著一張畫架，石桌上丟著數支筆，還有顏料盒。

畫布上是鉛筆打下的草稿，隱約看得出是沈小修的少年輪廓，而且在寥寥幾筆簡單線條的眼眶裡，已然塗滿了色彩。

有澄澈的蒼青色，有莊重的藏青色，亦有華美的金紅色。

還有他最為熟悉的，淺淡卻深具威嚴的銀藍色。

黎楚想填太多東西進去，但最終對著這張草圖，坐在沙沙響動著的花草中間，想了沈修一下午。

沈修沒有掩蓋自己走過去的動靜，黎楚察覺他過來了，道：「哎！別看，還沒好。」

沈修第一眼並沒有看出這張草圖是自己十六歲時的模樣，只是疑惑道：「怎麼忽然想這樣作畫？」

黎楚彆扭道：「ＣＧ畫膩了而已，和你沒關係。」

沈修又看了一會兒，看出來了。

畫上是自己。

「你……」

他還沒說出來，黎楚就道：「我答應要送你一幅畫，就……隨便……就地取材了。」

等他說完，兩人都看著畫沉默了一小會兒。

「謝謝。」許久後，沈修道。

黎楚茫然想：這是我答應的，為什麼要道謝？

黎楚大約不會知道。

沈修看著畫面中心，糅合在一起的各種色彩，心裡湧出了不可名狀的愛與感激。

他心想：謝謝你來到我的身邊，給了我畏懼和弱點。

沈修側過臉，輕輕吻了吻黎楚的唇角，一觸即離。

黎楚道：「還沒到時間呢……」

沈修放開他，黎楚卻又攬著他的脖子，懶洋洋說：「無所謂啦。」

繼而吻了回去。

3

黎楚把桌上一堆畫筆和顏料隨手推開，坐上去，道：「我不會玩這個，太難了。」

沈修看著他搖頭道：「不必著急。」

「我知道你不急……」黎楚翹著二郎腿，說道，「我只是不喜歡欠別人，或者被誰催促。」

沈修無奈地道：「我不會催你。這幅畫你願意畫什麼、什麼時候完成，都隨你的意思。」

黎楚壞笑道：「那我畫一張『白王沈修古裝侍女圖』怎樣？」

沈修：「……」

天邊漸漸暗了下來，夜風微涼。

四野寂靜，華燈零星閃爍。

黎楚走出小涼亭，回頭笑道：「餓死了，吃飯吧。」

沈修正想說些什麼，忽然看見黎楚頓了一下。

「那是什麼？」

沈修跟著看去，暗色的欄杆上，停留著一隻蝴蝶。

蝴蝶的雙翅極盡華美，末端的幽藍色漸漸向外延伸成淺藍色，間或夾雜著純金的脈絡，如同用藍水晶和金線雕琢出來的瑰麗藝術品，不像是活著的生物。

然而牠確實在動，振動雙翅時，閃動著粼粼輝光。

這是一隻世上絕無僅有，美得像夢一樣的蝴蝶。

黎楚愣愣看著這隻蝴蝶。

牠在微風中翩躚落在黎楚肩上，輕輕停留，就像一個淺淡的吻。

然後便悠然離開了。

沈修皺眉道：「這是能力製造出來的生物？」他認出蝶翅上的光芒，分明是極淡的博伊德光，那是契約者發動能力時才會出現的異象。

黎楚像凝固一般站在原地，雙眼裡忽然間放射出博伊德光。

「是……我的演算法……」黎楚斷續道，「這是，我為亞當設計的，用圖像傳遞情報的，演算法……」

他跌跌撞撞，跟了出去。

像一個孩子，追著心愛的蝴蝶。

蝴蝶卻沒有為他停留，翩然消失在一線天光裡。

「黎楚？」沈修跟在後頭，將手放在黎楚肩上。

「亞當……是亞當回來了……」黎楚茫然四顧，喊道，「亞當？亞當——」

一小時前。

亞當站在門外，聽見裡面是「紅皇后」米蘭達和「鬼行人」凱林在進行交談。

他不動聲色地將自己瘦小的身軀貼近牆壁，手掌心悄悄按在牆面上。

通過微調骨骼位置，他聽到掌心裡傳來的微小聲音。

米蘭達不滿地說道：「華風究竟什麼時候醒？上次伊卡洛斯的行動結束後，

他一直都躺著！」

凱林回道：「不要著急。華風附身在SgrA的莫風身上時，似乎被那個黎楚殺掉了，精神受到創傷，還需要療傷。」

米蘭達鬱悶道：「那黎楚究竟是怎麼回事？是大腦移植手術，還是全身整容？華風不是說爆了他的腦袋嗎，怎麼又會出現在SgrA……煩死了！白王沈修一點也不好惹，殺個弱雞馬越拉隱藏的王牌，怎麼鬧出這麼大的動靜！」

「白王似乎準備和赤王陛下討論這件事。」凱林道，「如果事情太麻煩，放過黎楚也就是了。這本來就是妳對華風的承諾，如果完成它的代價太大，我們只能棄車保帥，交出華風。」

「我就在煩這個！煩死了！華風怎麼回事，他自己說要殺黎楚，現在又躺了十多天！」米蘭達用她特有的童聲叫道，因為嗓音太稚嫩，倒像個在撒嬌的小女孩，「沒有他的能力，我很難重新在黎楚的意識裡種下『種子』。上次要不是蹲守了三十來天，好不容易讓華風逮到機會，也不會給他埋下『信任莫風』的種子。」

亞當耳畔嗡鳴一聲，大腦飛快思考，同時冷靜地繼續偷聽門內談話。

「不是剛安排了亞當和白林教授嗎？如果白林成功倒退黎楚的時間，現在黎楚意識裡就又有一枚種子了。」凱林冷靜道，「只要他有破綻，我們遲早能找到繞過 SgrA 殺死他的方法。」

「白林一定失敗了！都過了三天，我根本沒感覺到黎楚腦裡有我的種子！特組的人一點用都沒有，枉我費盡心機安排亞當進去，又給白林下了倒退黎楚三個月時間的種子……黎楚的時間根本沒回到三個月前！」

凱林道：「這麼說，亞當這枚棋子也可以收回來了，放任情報人員在敵人的地盤可不是明智之舉。」

米蘭達笑嘻嘻道：「他的共生者還關在外面呢，腦子裡也留有我的種子，還能怎麼樣？」

說著，她閉目啟動能力，感知了亞當所在的位置，驟然驚詫道：「他在門外！」

下一秒，亞當身側的牆壁上，浮現了凱林的蒼白面容。

「既然回來了……為什麼不敲門？」

亞當回道：「剛回來。」

走進門內，紅皇后米蘭達坐在巨大的布偶上。

她看起來不過是六歲，一頭金色短髮，長相極其甜美，語氣卻很暴躁地說道：「過來！」

亞當經歷過這種事，自覺地走到米蘭達面前，與她雙目對視。

米蘭達開啟能力，催動亞當意識內的種子，與自己進行溝通。

下一刻，她觸摸到了亞當的表層意識，隱約見到黎楚放走亞當的場景。

凱林冷眼旁觀著，忽然道：「他暫時沒有用了，沒必要這麼小心地避免大腦創傷，為什麼不深入挖掘黎楚的情報？」

米蘭達想了想，加強了自己的能力。

亞當眼皮微微抽搐，潛意識的反抗卻被自己壓了下去，繼而被迫沉入了意識深處。

實際上，米蘭達的能力並非植入催眠種子或者強行搜索旁人的記憶。這是她在殺死一名催眠系契約者後，獲得的額外特性——她的運氣很好，又或者說，她殺得夠多。

米蘭達在 GIGANTIC 中是一名輔助者，她的能力「精神議會」，可以連結二到四人的表層意識和知識儲備，共用視野、想法的同時，還能把自己當作一個輔

靈魂侵襲

助運算工具，幫助契約者更精密地使用能力。

正因為她的能力是相互的作用，故而亞當察覺到她的意圖後，當機立斷，反向滲透了米蘭達的記憶。

亞當深知自己沒有太多時間，盡全力在米蘭達的意識中來回巡遊，找到關於「黎楚」的記憶。

不久之前，伊卡洛斯覆滅之戰中，黎楚被莫風一槍殺死。

這看似無關緊要的一槍，其實足足準備了一個多月。

黎楚的能力和力量始終成謎，華風加入GIGANTIC後也只帶了那麼一點情報，是關於黎楚究竟有多危險的內容。

華風救過米蘭達，要求的報酬就是殺死黎楚，米蘭達同意了，於是一手策劃了覆滅伊卡洛斯。

華風附身莫風後，蹲守了很長一段時間才找到破綻。

那天黎楚為亞當設計了新的生物外形，精疲力盡之際，竟被華風找到機會——米蘭達連結了華風的意識，華風又附身在莫風身上，通過莫風的雙眼，米蘭達在黎楚腦內種下了一顆催眠的種子：信任莫風。

臨到那一天，GIGANTIC在周邊強攻作為掩護，華風刻意失蹤引來黎楚救援，鬼行人凱林在牆面中現身吸引，再由受到信任的華風開槍。

真相便是這樣，他們三人合力算計，才能夠做到看似輕易地一槍殺死了黎楚。

米蘭達的精神猝不及防，受到亞當的衝擊，一時暈眩了許久，回過神後立刻厲聲道：「凱林，他背叛了我們！殺了……亞當！」

凱林立刻朝亞當的眉心開出兩槍。

然而亞當的反應太快！

幾乎是在瞬間，他化為一道銀白色粒子流，如風一般從門縫中鑽出，接著在門外重組成哈士奇的模樣，飛快向外奔去。

原地留下的一小灘血跡慢慢化成白色物質，失去了生機。

米蘭達捂著額頭，咬牙道：「可惡！把他抓回來，不行就殺了他！」

凱林領命，抬腳一邁，徑直走入了牆體。

——再快一點！再快一點！必須馬上離開這裡！把情報帶回給黎楚！

亞當在走廊用盡全力地奔跑。

他化成犬類形態，已經是風馳電掣的速度，卻快不過鬼行人的能力。

兩側飛速向後退去的牆壁中，不斷閃現出鬼行人凱林的黝黑眼睛，始終跟著亞當前進。

亞當幻化出一條蠍尾，狠狠刺了過去！

凱林的眼睛立刻消失在牆壁中，另一邊卻猛地襲來了一記腿鞭！

亞當發出一聲犬類本能的嚎叫，只有二十七公斤重的身體飛了出去。他完全不敢戀戰，掙扎起身後繼續拔足狂奔。

亞當一路奔行到門口，被米蘭達放下的合金大門攔住去路。他毫不停留，保持極快的速度撞破了旁邊的窗戶。

伴隨著一聲破裂的巨響，亞當衝出窗外。

這是五十二層高的大樓，鬼行人凱林赤身在走廊的牆面中現身出來，無法繼續追擊。

窗外，亞當在博伊德光中化成一隻蒼鷹，振翅飛向天空。

4

亞當飛出了大樓，絲毫沒有停留，全力向著北庭花園趕去。

日光漸暮。

他知道自己還有多少時間。

GIGANTIC 基地內。

米蘭達冷冷道：「廢物，連一個搞情報的都抓不住。」

凱林默然不言。

米蘭達跳下椅子，她不過剛剛到凱林腰間的高度，後者卻極為恭敬地讓開了路。

米蘭達找到一把鑰匙，丟給凱林，說道：「去弄醒他的共生者，用傷口告訴他立刻回來！不然你每隔一分鐘，就切掉他一部分身體，切到他共生者死掉為止。」

凱林躬身應是，說道：「不能用他意識裡的種子催眠他回來嗎？」

米蘭達怒道：「他如果連死都不怕，催眠怎麼可能還有用！」

與此同時。

亞當在天空中飛行。

飛行姿態相當耗費體力，只因為他要保有人類意識，就不能把自己的大腦變換太過分，為了這部分不同於鳥類的構造，他要付出更多努力才能保持飛行高度。

他在腦海中不斷整理剛剛獲得的情報，同時計算著自己被米蘭達竊取了多少記憶。

亞當是一名極其優秀的情報人員，他滲透進SgrA的時間雖不久，卻已獲得了很多關於沈修和黎楚的情報，這是他絕不容許米蘭達獲得的情報——至少絕不能因為自己而獲得。

幾分鐘後，蒼鷹驟然從半空中跌落。

他的一邊翅膀化成了銀白色奈米物質，徹底死亡。

……是他的共生者，被切除了一部分軀體。

蒼鷹掙扎著撲打翅膀，狼狽落入了河水中，繼而在一片銀光中，化成一條巨大的黑魚。

魚的腦部結構實在太小。

他猶未忘記初衷，為了留住意志，上半身留著人類孩童的結構。

如同一尾年幼的人魚，他在水下驚鴻般掠過。

黎楚！找到黎楚身邊！我答應過他……

不久之後，黑魚找到了北庭短短半公里外的岸邊。

岸上有三兩行人，正在散步。

黑魚此時又失去了一截長尾，在一團銀光中化成一隻幾個月大的哈士奇，掙扎著游到淺水處，辨明方向後，咬牙繼續前行。

不遠處，一名男孩瞪大雙眼，好奇地看著幼小的哈士奇濕漉漉在沙灘上，深一步淺一步奔走。

他跑了過去，伸手抓住幼犬的尾巴。

哈士奇精疲力竭，被他再三追趕，終於被抓住。

「你跑去哪裡啊？」小男孩說著，笑嘻嘻道，「跟我回家吧！」

他抱起哈士奇，想跑去找自己的母親。

哈士奇輕輕咬了他一口。

放開！我答應過黎楚……一定會回去。

小男孩尖叫了一聲，摸了摸自己手上泛紅的兩個小牙印，叫道：「壞狗！你不乖！」

他抓起哈士奇，奮力將小狗丟進了海裡。

數九寒冬。

哈士奇疲倦而急迫，在海浪中載浮載沉，竭力爬回岸上。

無知的孩子哈哈大笑，抓起幼犬，想要再次丟進海裡，看這個可憐的生命怎樣掙扎求生。

「你是誰家的孩子？」

陌生男人的聲音忽然響起。

小男孩嚇了一跳，怯生生抬頭去看。

晏明央牢牢抓住他的手，接過了精疲力竭的哈士奇，憤怒地道：「你家長在哪裡？你怎麼可以做這種事?!」

「我……我不認識你！」小男孩大叫了一聲，使勁地踹了晏明央一腳，慌張地逃了。

晏明央沒去追他，只是心疼地撫摸懷中又濕又髒的小哈士奇。

「對不起……」

他用自己的外套裹住哈士奇，將他放置在車的副駕駛座上，打開了暖氣。

小哈士奇呼吸沉重，伸出爪子不斷撓車門。

晏明央道：「你要出去嗎？你要不要吃點什麼，我不會傷害你的。」

他拿了一點牛肉乾遞給幼犬，然而哈士奇執著地撓著車門，眼神疲倦但執拗。

晏明央打開了車門，放牠離開。

哈士奇跌跌撞撞，認定了一個方向，繼續前進。

「……對不起。」晏明央又說道。他倚著車門，眼神悲傷。

——對不起，人類傷害了你。對不起。

小哈士奇在路邊走了許久，終於栽倒下來。

剩餘可以模仿生物構造的奈米粒子，早已不夠他維持人類的大腦中樞。

好累，太累了。

幼犬側臥在路邊，烏黑的雙眼茫然看著暮色。

許久後，牠閉上眼，停止了呼吸。

黑暗中，黎楚的臉一閃而過。

「我叫黎楚，契約者，將負責為你構建生物模型。」黎楚冷漠的自我介紹。

「這是人魚形態、犬類形態，還有異形形態的初期模型。你可以先嘗試變化一下，有需要更改的地方就告訴我。」黎楚的首次合作。

「這次任務注意目標人物的保鏢，可能是契約者。如果可以，替我把這個隨身碟插進他們的中央電腦；作為回報，我會替你設計新的姿態……你不需要？你可以隨時找我，我們是搭檔關係。」黎楚的入伙聲明。

「別笑了，真難看。我不需要你笑，你哪種形態不是我設計的？無論怎麼變，我都能認出你。」黎楚的嚴肅警告。

「看見這個演算法嗎？加密非常簡單，我給你看光明女神蝶的這部分基因，只要靠生物本能來排列圖案就可以了。你在圖案右下角留下一個金色小圈，這樣我就會分析看到的圖是不是你留下的情報。」

夕陽終於向下沉去。

在最後一絲變換的天光裡，幼犬的屍體上，一隻新生的蝴蝶掙扎著準備起飛。蝴蝶出生後，必須努力展平自己的雙翅，只有翅膀平整而乾燥以後，才能開始飛行。

這隻蝴蝶，或許是這一天世界上出生的所有蝴蝶中，翅膀最美麗的一隻。

很少有人知道，蝴蝶會遷徙。

一些群居飛行，一些獨自逡巡；一些會小範圍遷飛，一些卻長途跋涉，甚至歷經上千公里。

牠們會在遷徙的過程中死亡，又會有新的成員降生，一次長遠的飛行，也許中途輪換過無數代。

但是牠們知道自己要去哪裡。

這也許是父輩或祖輩留下來，最古早又固執的傳承，銘刻在短暫生命的本能裡。

牠們生來知道，該飛向何方。

亞當走了。

只在黎楚肩上停了一停。

黎楚茫然坐了許久，沈修始終輕輕環著他的肩膀。

從沈修的溫度裡，黎楚汲取了一絲絲力量，他斷續地說道：「我不該……放他回去做雙面間諜的。我不該……只想要和他撇清關係……我還以為，和他在表面上決裂，他就沒了被當作人質的價值，不會受到威脅……亞當如果專心為GIGANTIC做事，以他的能力一定能好好活著。他們抓住了他的共生者，他原本就沒義務幫我……」

沈修沉默地聽著。

「亞當為什麼……不能做個徹底一點的契約者呢？考慮自己啊，把自己的生命放在第一位啊！他不是……契約者嗎！有了感情……就一定會有弱點嗎？」

黎楚側過頭，眼中淌下一行淚水，「我和他的最後一次對話，是決裂的話語。我竟然……連一句好話都吝嗇。」

「黎楚。」沈修輕輕攬著他，沉靜地說道，「契約者會死，我們會死，一切生命都會死。在死亡賜給我們寧靜之前，如何邁向死亡，是我們最大的自由。亞當選擇了這個結局，我尊重他的決定和他的感情，這也是他的自由……和他的榮譽。」

那隻蝴蝶雙翅上美得驚人的圖案，代表著亞當最後的留言。

他告訴黎楚，GIGANTIC 的「紅皇后」米蘭達的能力是「精神議會」，可以連結四人以下的意識，也能通過雙眼對視種下催眠的種子。

「鬼行人」凱林的能力不止是在各種材質的牆體間穿行，還可以將身體的各部分分開嵌在相距十米左右的牆體當中，各自自由行動。

「沉睡者」華風的能力是「附身」，可以占用人類的身體，如果身體死亡，他會沉睡十五天以上的時間。

米蘭達如果連結了後兩者的意志，將可以通過無數牆面，以及各種人類的眼睛來種下催眠種子——這是 GIGANTIC 最危險的一種組合。

伊卡洛斯基地覆滅當天，就是這三人聯合使用能力設下的一場死局，目的是殺死黎楚。

GIGANTIC 一直以來追殺黎楚的原因，就是華風救過米蘭達一次後，索取的報酬。

莫風並非 SgrA 的間諜，是華風占用他的身體，在開槍「殺死」黎楚之後，卻沒有見到精神內核消散，因此產生了懷疑。

他起初並未懷疑共生者羅蘭，直到自己竟被「羅蘭」意外殺死，莫風的身體死亡，華風被迫陷入沉睡。

他沉睡時，預先埋下的精神種子發動，米蘭達通過精神連結，捕捉到了華風沉睡前看見的畫面——黎楚的面容，以及華風最後一個念頭：他就是黎楚！殺了他！

這就是蝴蝶雙翅上銘刻的最後情報。

亞當以雙重臥底三面間諜的身分，終於將籠罩在 GIGANTIC 上的迷霧層層撥開。

他為黎楚帶來了一切他所知的情報，唯獨對他自己，不置一詞，只有一個金色的小圈。

告訴黎楚，是他回來了。

5

亞當化形哈士奇離開 SgrA 前，黎楚曾經向他要過一點皮毛。

他用這點真毛做了一個袖珍的哈士奇吊飾。

當時黎楚心裡想的是，等這段風波過去了，他身邊沒有危險的時候，再和亞當重新建立連結，便在這個吊飾裡留了一個微型訊號發射器，想等之後找機會送給亞當。

當作委屈了他賣蠢好多天的補償，和紀念。

想不到最後亞當離開，什麼也沒有留下，SgrA 的人甚至從未見過他的真面目，也不知道他做過什麼。

黎楚將小哈士奇的吊飾埋在一座花壇下面。

他不知道人死後應該入土為安，只是本能地想把唯一一點紀念埋藏起來。

契約者沒有葬禮。

異能界的人，不做沒有實際好處的事。

這年的冬天很冷，花壇裡光禿禿一片，不知道來年春天，會不會有花兒長出來。

「你什麼也沒留下，改天我種兩朵花陪你玩。」黎楚說道，「我也沒什麼可以留下的，等我死了就埋在地底下幾千公里的地方。」

他想了想，補充道：「和沈修埋在一起。」

黎楚站了一夜。

天色甫明，又暗了下來，因為落雨了。

黎楚抬頭看了看烏雲密布的天空，嘲道：「賊老天。」

手機響個不停，沈修又打電話來了。

黎楚向孤零零的花壇揮揮手，慢慢走了回去。

黎楚移動沙發，讓它正對落地窗，看著玻璃上雨滴濺成花的形狀。琥珀色的眼底放射出冷冽的博伊德光。

這座城市的面積超過數千平方公里，監視器覆蓋的範圍很廣，然而能使用電子設備進行全方位監控的區域寥寥無幾，主要分布在重要公共場所、政經要地、私人保密場所等等。

數以兆計的電子洪流日夜在城市中奔行，是其重要而隱祕的大動脈，而這條動脈的情報交換速度是人類的成千上萬倍，每個人背後都潛藏著龐大可怕的資料網路。

在這個冰冷機械的數字世界，黎楚是當之無愧的無冕之王。

他在資料洪流中自如穿梭，命令所有電子訊號為他開疆闢土，攻陷重重壁壘。為了得到 GIGANTIC 基地的具體位置，黎楚接連奪取數個內部伺服器管理許可權，閱讀一切有用情報後摧毀動輒價值百萬美元的大型設備。

他絕無足跡可言，如同幽靈，又如同神明，在短短幾個小時內引發了軒然大波。

大批機要紀錄被各個組織臨時摧毀，重要伺服器緊急關閉。成千上百情報工

靈魂侵襲

作人員被抽調阻截黎楚，但毫無所獲。

在網路上，他們不是黎楚的一招之敵，黎楚有如摧枯拉朽一般橫掃了整片區域。數種追蹤專長的能力試圖找出黎楚的身分和位置，觸動了SgrA的保護機制。

會議中，薩拉手下負責成員保護和情報加密的契約者同時發來消息，告訴她黎楚成為了眾矢之的。

薩拉立刻告知白王沈修。

沈修正待在會議上提出與GIGANTIC有關的問題，GIGANTIC殺死自己剛招攬的間諜亞當或許與SgrA並無太大關係，但他們執意追殺、暗算黎楚則牽動了這個王系組織最敏感的神經。

——沈修說過，動黎楚者死。

所謂王者歷來如此，在大事上真正能做決定的永遠是他一人而已。一旦他做了決定，那麼他的臣民們將毫不置喙、毫不遲疑地誓死達成命令。

沈修決定對赤王文森特發出最後通牒。

王與王之間的摩擦將是異能界腥風血雨的暴動，而直接對峙更會導致不可預見的災難和後患——如同偽王萊茵所做過的那樣。四王之間隱形規則被他打破後，異能世界無數爭鬥的餘波，甚至震盪到了人類世界的全球大戰。

為王者永遠顧慮重重，不到必要時刻，沈修不會輕易發作，但赤王文森特若執意放任GIGANTIC、SgrA亦將隨時出鞘，成為王者手中無堅不摧、縱橫捭闔之利劍！

沈修臨時中斷了會議，回到Z座客廳。

外面大雨瓢潑，他獨自撐著傘正走在路上，透過落地玻璃，看見黎楚坐在沙發上。

沈修步伐一頓。黎楚的身影遙遙隱現在重重雨幕之後，如同一道冷色調的幻影。

黎楚神色古井無波，神祕莫測，彷彿變回了不久前，那個冷心冷性的契約者。

沈修打開門，衣角鞋面都被大雨淋得濕透了，他將雨傘扔在玄關，大步流星地走到黎楚面前。

黎楚漠然移動視線，與沈修對視。

沈修沉聲道：「你在挑釁GIGANTIC和文森特。」

「我沒有在挑釁。」黎楚冷冷道，「我在宣戰。」

「代表誰？」沈修的語氣略快了一些，「你和 GIGANTIC 宣戰？你有沒有考慮過後果，和現在你已經面臨的危險？」

黎楚看著雨景，緩緩道：「我當然想過，而且想得很清楚。我和赤王之間，如果他不參與，我能布局、偷襲幹掉 GIGANTIC 至少三個重要成員；如果他參戰，我沒有把握生還，但敵明我暗，應該還能幹掉『紅皇后』米蘭達……」

沈修道：「你根本沒有想清楚。黎楚，你有沒有考慮過我？」

黎楚愣了片刻，說道：「我……忘了。」

他們每天定時交換唾液，解除伴生關係，沈修雖然有意將他監管，但實際並沒有嚴格干涉過他的自由。

這些日子以來，他幾乎忘記自己現在的共生者身分。

忘記他死後，沈修也會死。

他私自布局攻擊赤王文森特的王系組織，等於將兩人的生命都置於極大的危險之下，沈修對此有任何不滿，也是理所當然。

只是……

黎楚正在思考。

沈修半跪下來，直視坐在沙發上的黎楚，銀藍色的眼裡帶著鋒銳的光芒。

「你如果有考慮過我，就該讓我知道你的打算。你以私人名義出手，只會引起反彈和赤王麾下各個組織的傾軋，況且親自動手危險太大，你以為我會放任你這樣冒險？你為什麼不告知我，為什麼沒有把我算進你的衡量？」

黎楚半晌無言，知道自己徹底誤解了沈修的意思。

「你必須知道你的身分，和我的身分。我信任你，不是希望你獨自處理一切事情，或像今天這樣，以為用個人名義來應對就能劃清我們之間的界線——這不可能，黎楚。

「我的信任是希望你走在任何地方，面對任何人都可以說，你是SgrA的成員，受我的保護。」沈修沉聲道，「然後，你要相信——我會為你而來。」

黎楚心中五味雜陳，許久後道：「亞當名義上是特組的人，是我曾經的搭檔，我為其復仇，天經地義……而你，你和亞當沒有關係。」

「文森特的手下脅迫亞當來暗算你，黎楚，這已經足夠了。」沈修說道，「紅皇后米蘭達等人，殲滅伊卡洛斯在先，企圖暗算你在後，就是其取死之道。GIGANTIC無故進入我的領土、干涉我的政務，於公於私，我都要和文森特講個明白。」

「……講個明白？」

黎楚沉默了半晌，說道：「我明白你的意思了。這件事想要安全和平地解決，最好的方法是你們兩個坐下來談判是嗎？而最好的結果就是文森特認錯，撤除對我的追殺，然後最多交出一個殺了亞當的成員——甚至亞當可能根本死不足惜是嗎？」

兩人在寂靜中對峙了片刻。

沈修道：「黎楚，我是東境的白王，一切行為都必須考慮後果。我不可能因為一個契約者的死亡，要求 GIGANTIC 交出數名核心成員，正如他們理應在知悉我的聲明後停止對你的追殺。

「如果文森特在兩天內回應我的要求，SgrA 就沒有理由繼續施壓。王系組織之間，雙方都必然有所妥協，如果我們不妥協……」

「會有人死是嗎？」黎楚淡淡道，「我知道，就會像連鎖反應一樣……爆發戰爭。」

「在這個位置上，無法隨心所欲。」沈修道。

黎楚看向窗外道：「我知道你本意是保護我。不了，謝謝。」

沈修站起身，一時無言。

「是，你高尚，而我卑鄙。你顧慮很多，你是這裡的王者，你有你的子民要照顧……但我有的很少。我活了很多年都是一個人，每個對我好的人，我他媽都珍惜得要死。

「何思哲死了，我恨不得弄死整個SgrA的人，我當時就是太傻，剛知道怎麼活著，不知道怎麼保護人；現在亞當也是為我而死，他是我搭檔……」

「抱歉。」沈修低低地道，「但人死不能復生，復仇這種事，不值得你冒這麼大的險。」

「他是我搭檔！」黎楚一字一句地說道，「這個詞的意思是戰友！無論他身在何方，無論他為誰效力，無論他是生，還是死——我都將與他並肩而戰！

「他在GIGANTIC費盡心機為我取得情報，甚至不惜與紅皇后米蘭達直接反目！他是一名情報人員，當他拚盡全力將情報遞到我手中時，這場戰鬥就已經開始了，我不可能將我的戰友留在戰場上孤軍奮戰！」

沈修怒喝道：「但他已經死了！你要為一個死人做到什麼地步！」

「是，謝謝你提醒我。」黎楚眼眶泛紅，聲音卻深沉冷厲，「無論你說什麼都好，我沒有你偉大。我卑鄙我有罪，儘管站在你那道德的高臺上批判我，隨便你！仇恨只能以血洗清，我不會放過任何一個參與這件事的敵人，這是GIGANTIC欠我的！」

沈修深呼吸許久，垂下的右手緊握成拳，眼中泛出一絲淡淡的博伊德光。

「在我和文森特的談判結束前，你不允許走出這裡。」

黎楚抬眼與他對峙，良久後，露出一個嘲諷的笑容。

「我們又回到過去了是嗎？你無法說服我，就用這種辦法罔顧我的意願？你和那些契約者沒有什麼不同，白王。還要再來一次嗎？將我曾經威脅你的方法，在今天重溫一遍？」

沈修壓抑著怒氣，森然道：「你想走出這裡，就試試。如果你能走出門外一步，就算我輸了，我承認你有對抗赤王的資格；但如果你輸了——」

「不必。」黎楚冷冷道，「留著你的力氣和口水，在你的談判桌上，用亞當的死多換點東西。」

他說完，轉身回到樓上。

6

兩人最終不歡而散。

沈修有他的子民，黎楚有他的堅持。

他們對各自人生的定位截然不同，沈修不可能作出隱患未知的決定，黎楚也不可能放棄自己出生入死的戰友。

沈修命令馬可監視Z座周圍的景象。

以馬可共用植物感知的能力，雖然不能完全監視黎楚——Z座內沒有做過布置，但沈修的目的也只是不讓黎楚擅自離開，這樣就足夠了。

而薩拉仍在處理之前黎楚引發的騷亂。好在黎楚的能力強悍得驚人，幾乎沒人能確定之前呼風喚雨的大駭客就是他，使得薩拉的工作減輕了不少，但仍有很多痕跡需要清理。

沈修匆忙離開北庭花園，來到密議會中。

這是個私人會議所，保密措施齊全且後臺強硬——說實話，它就是北王名下的一個組織。

密議會向來活動範圍甚廣，因為北王打過招呼的緣故，其餘三名王都許可了其在自己領地中的發展，當然也包括沈修。

在某些必要的時候，四王之間會通過密議會進行聯絡。

——私人聯絡。

王之間的正式聯絡涉及太多太廣，需要的準備工作相當繁雜，有時候王者間想要私下交談，就成了一件需要精心策劃的事情。這實在太過麻煩，北王建立密議會這個組織或者也是因為這個原因。

先前沈修要求與赤王文森特進行會晤，選擇的就是這個地方，卻被白林教授這個突發意外給擱置了。現在，該是重新聯繫文森特，好好談談的時候。

密議會的聯繫方式以一種保密性極強的契約者能力為核心，通過這種能力，與會人員能夠以一團光芒或簡單形狀的形象出現在預設會場當中，彼此間進行最淺的意識層面交流，而不需要開口說話。

這種會議方式具備了極強的保密性，而後臺的強硬也使其具備了安全性。

SgrA 和 GIGANTIC，兩個王系組織間隱隱有摩擦出現，為了避免摩擦擴展成戰火，沈修選擇了隱藏身分，在密議會中祕密聯繫文森特。

確認過會員身分之後，密議會開闢出一片臨時虛擬會場。

是黃昏時分的海面背景。

沈修化為一團白光停留在水面上，不久後另一團暗金色光芒浮現。

沈修道：「文森特？」

「我是泰倫斯。」對方道，「剛才看到你出現，就過來看一眼。最近我的樞機理事團對你和文森特之間的關係非常擔憂。」

泰倫斯，北境之王，四王中第三王權的持有者，人稱「教皇」。

「事情並沒有嚴重到那個地步。」

「但也不輕微。」

「後續如何，還需等我和文森特談過後才能定論。」

「聽聞文森特的手下在你的東區動手了。」

「不錯。」

兩人語氣平穩無波。

泰倫斯的暗金色光團在半空中盤旋兩圈，沉吟道：「所以我不喜歡和剛即位的人打交道，年輕人行事，總是忘記考慮後果。這一代的第四王權，似乎太年輕了。」

沈修淡淡道：「當年我即位時，比他更年輕。」

泰倫斯低低笑了兩聲，停留在半空中。

水面下浮出第三道光芒，一團明紫色光芒。

文森特上來就道：「有話直說。」

沈修直接道：「約束你手下的人，停止追殺黎楚。」

文森特連想都沒想，直接說：「有事找米蘭達，我不管GIGANTIC。」

沈修道：「GIGANTIC在以你的名義行事。」

文森特：「那你找『我的名義』去，別找我。我什麼都不知道，就這樣，再會。」

「等等，文森特。」半空中的泰倫斯飛下來，停在水面上，「你是否沒有意識到事情的嚴重性？」

三位王者各自停在一角，互相對峙著。

水面毫無波瀾，倒映著夕陽晚照的場景。

赤王文森特道：「我說了，GIGANTIC 做事和我無關。」

沈修冷冷道：「那麼我殺盡 GIGANTIC 成員也與你無關？」

「隨便你。」

代表文森特的紫色光芒在水面上劃過，裁開長長一條波紋，又道：「別殺米蘭達就行……還有我的廚師，我還等著明天的午飯。」

他徑直就想走了，沈修卻道：「你已經為王接近一年，不要以為第四王權的位置只是你玩鬧的本。文森特！」

文森特停了一停，雲淡風輕道：「這本來就只是遊戲而已。我睜開眼看到的，就存在；閉上眼看不到了，這世界就停止運行。什麼都是假的，都無所謂——白王，我奉勸你也別太在乎什麼 SgrA，那只是在浪費時間。除了你自己，你還能確定什麼是真實存在的？」

沈修道：「我對你的理論沒有興趣，收起你那套玩世不恭的東西。」

文森特毫無感情的聲音道：「玩世不恭？你以為的而已。呵呵，我也不想多說，你不過是解除了伴生關係，掌握了二十年第一王權，可惜反過來被人類的感情養成了可憐的奴隸。」

泰倫斯道：「住口，文森特！」

文森特已經沉入水底，消失在會議場景裡。

「沈修……」泰倫斯道，「文森特太過年輕，還沒有完善人格。」

「我知道你的意思。」沈修淡淡道，「我早已過了被輕易激怒的年紀。」

泰倫斯道：「有時我會以為，感情是這些年輕契約者必須經歷過的事情……這個世界有太多心志不健全的契約者存在了，文森特這樣的心性，實在不該為王。」

「多說無益。我先走了，告辭。」

沈修回到北庭花園時，大雨已經停了好一會兒，天色還陰沉沉的。

他走到小型會議室，見馬可坐在其中，博伊德光始終閃爍。

薩拉和塔利昂都在。

薩拉道：「陛下。」

沈修擺了擺手示意他們免禮，坐回他的位置上道：「黎楚那邊如何？」

馬可始終監聽著整個北庭花園的動靜，所有情報組人員都在他的感知範圍內，他們會將所得的各種資訊通過北庭花園的植物直接彙報給馬可，整個SgrA中流動的情報資源都如同百川匯流一般聚集過來。

馬可聽了一會兒，回道：「陛下，按照您的指示監控了所有的電子資料和資訊，黎楚似乎在Z座中建立了一個極大流量的資料交換通道。」

塔利昂道：「陛下，您既然知道他會這麼做，為什麼不盡早阻止？」

薩拉卻直接問道：「您是不是準備和GIGANTIC開戰了？」

「陛下，赤王轄下最近的幾個組織已經有所動作。」馬可抽空說道，「附近一百公里以內，契約者的總數非自然上升了十五個百分點，具體傾向和屬性分布我們還在調查當中。」

沈修道：「馬可，把一級線人的資訊放進伺服器，等黎楚過來滲透，不必作太多抵抗。」

「不用抵抗，他想拿，我們的人攔不住……」馬可無奈道。

沈修又道：「塔利昂，讓戰鬥組所有成員集合，收攏我們的陣線，向GIGANTIC施壓。還有，收拾一下H市的基地，薩拉，我要妳壓住最近的新聞，我不想看見有任何火花出現。」

「是，陛下。容我多說一句，您決定要放任他……不，暗中幫助他向GIGANTIC復仇嗎？」塔利昂接受命令，又提出異議道，「如果SgrA不出面，的確可以暫時穩住局勢，但黎楚也算是SgrA的成員，如果他的動作被GIGANTIC發現，我們依然……」

「他不會。」沈修淡淡道，「我會把他看管在Z座裡。以他的能力，和情報組的支援，必定是以神不知鬼不覺的方式暗中布網。如果他能匿名殺死紅皇后等人，我就認可他的復仇，不再過問他對GIGANTIC的處置，且幫助他隱瞞下去；如果他失敗了，我就親自出面，逼迫GIGANTIC退讓，到時就算是赤王文森特出面，也不能對黎楚怎樣。」

薩拉愣愣立在一旁，雖然經過白林教授的事件，她對與GIGANTIC發生衝突已有所準備，但沒想到最後會發展成這樣。

——沈修如此信任黎楚？

——黎楚居然有能力在千里之外對 GIGANTIC 復仇？被控制在Z座裡，只操縱那些冰冷的電子資訊，就可以殺死深受赤王倚重的紅皇后米蘭達的話……這簡直是鬼神莫測的能力！

正在這時。

「陛下！」馬可忽然道，「黎楚有所動作了，他攻陷了一臺千萬億次級別的超級電腦……他開始進攻 GIGANTIC 的內部通訊系統了！」

會議室中靜了片刻。

薩拉驚呆了。

沈修沉聲道：「塔利昂，通知戰鬥組成員，我要他們向 GIGANTIC 的外層防禦線施壓，掩護他的行動。」

7

黎楚花費了一些工夫，獲取了一臺超級電腦的管理許可權。

千萬億次級別的電腦不是能隨便找到的東西，黎楚找到的這臺仍在實驗室內，主要向外租借，用以大型項目的研究，出場費高達上萬美金，預約已經排到了下個月。

黎楚取得這臺超級電腦的主要目的，是強行攻擊GIGANTIC的內部通訊系統。

儘管GIGANTIC沒有一個統一管理的內部系統，但是其通訊設備的保密措施也是世界一流的水準。

GIGANTIC在東區的臨時總部是一座七十層樓的大廈，除了地面上三層以外，全部都遮蔽了訊號，外部無法直接攻入。

好在他們的線人總不會一直窩在總部當中，黎楚從 GIGANTIC 某個普通成員的通訊器裡找到了蛛絲馬跡。

黎楚的行動不可謂不隱蔽，但當他搜尋剛取得的通訊器時，竟然收到了一條給他的消息。

黎楚先生：

我們知道你正在進攻 GIGANTIC 的通訊系統。假如你看到這條消息，那麼你正在控制的終端是我方的線人，我們已經將所有安排在 GIGANTIC 內的線人的指揮權移交到你的手上。

馬可

黎楚看了來源一眼，還真的是 SgrA。

看來 GIGANTIC 對 SgrA 進行滲透的同時，SgrA 也在對方組織裡安排了線人。

黎楚沉吟片刻，發送了一條匿名消息給線人：「你現在聽從我的指揮？」

對方立刻回道：「是的。」

黎楚：「告訴我 GIGANTIC 所在大廈的詳情。」

線人：「普天大廈共七十層樓高，地底有兩層車庫和庫房，底下仍有建築，但無法進入。四十層以上是紅皇后等人的活動區域，同樣無法進入。」

黎楚：「現在給你第一個任務，去普天大廈外面，將你的手機用膠帶貼在牆上。記住，緊緊貼牢，不要被人發現。」

線人：「收到。」

接著黎楚撥打了特組第七隊的電話，對接通他的女性直接說道：「我是黎楚，讓鐘曉接電話。」

對面說道：「你好先生，本線不與外部人員交談，請撥打以下電話……」

黎楚掛了電話。

十分鐘後，鐘曉在一座電話亭撥了回來。

鐘曉道：「黎楚？你怎麼會……」

黎楚打斷他，直截了當地道：「亞當．朗曼死了，凶手是紅皇后米蘭達和鬼行人凱林。」

電話中靜了片刻，只有沉沉呼吸吹拂過的聲音。

許久後，鐘曉說道：「我知道這件事。」

「你和亞當不在同個分隊，卻是搭檔。我來只是問你，給你一個殺凱林的機會，你做不做？」

「……抱歉，我們的規矩是沒有命令，不能擅自出動。」

「命令都去死。」黎楚冷冷道，「你給我忘記特組，忘記你的薪水、你的身分，忘記你站在什麼地方。就當你孑然一身，一無所有——現在，告訴我，你要不要殺凱林？」

鐘曉沉默片刻，緩緩道：「你要我做什麼？」

二十分鐘後，鐘曉按照黎楚的指示坐在一家網咖的包廂內。

鐘曉道：「我不可能現身為你作戰，特組不能因為我的緣故被捲入……」

黎楚打斷道：「我知道，我也沒有指望你能打贏 GIGANTIC，更不會讓我們暴露在明面上。在計畫開始前，我還有問題要問你。」

「你說吧。」鐘曉道，「只要不涉及特組的機密情報，我都可以配合。」

「你的能力在控制紙張時，是不是必須看見紙？」

「是。」

「你不能改變紙張的分子結構，但可以強化其硬度？」

「是。」

黎楚又道：「特組有沒有為你設計高震動粒子刀模型，或者超音波切割刀模型？」

鐘曉震了一下，沒想到黎楚對他的衍生能力瞭若指掌。

「這屬於特組機密……」

「那就是有。很好，現在你不要掛斷，走到網咖的櫃檯。」

鐘曉一邊握著手機，一邊走過去。

櫃檯的人看了他一眼，將一支一次性手機放在檯面上。

鐘曉接過一次性手機，聽見黎楚又說：「把手機和包廂裡的耳機綁在一起，你可以走了。」

鐘曉茫然道：「去哪裡？」

「隨便，找個有螢幕的地方，我會給你指示。」

「為什麼這種簡單的事情不自己做？」鐘曉道，「還有，我不是你的下屬，我以為我們是合作關係，你是不是該告訴我你的計畫？」

黎楚漠然道：「計畫？對付凱林這種貨色，隨機應變就夠了。」

當天下午。

普天大廈內部。

紅皇后米蘭達正拿著手機，上微博。

而鬼行人凱林則如幽靈一般站在門外——門內門外對他來說沒有太大區別。他是米蘭達的保鏢之一，負責保護和偵察，有時米蘭達會吩咐他做一些別的事情，因為他的能力實在很方便。

米蘭達忽然道：「文森特還沒回來？他出去多久了？」

她直呼赤王的名諱，在GIGANTIC中是唯一一個擁有這種特權的人。

凱林回道：「兩個小時左右。」

「嗯……文森特答應我和白王沈修和解，可能還在聊天。」米蘭達坐在桌上，搖晃著兩條腿，「SgrA的人逼得太緊了，不過這是白王的地盤，他們占優勢，而且是我們先在這裡對伊卡洛斯基地動手，說起來理虧。

「他們沒有動手的意向就行，這可能是白王的策略，想在談判桌上多個籌碼——放心，打不起來，東區這位王可是很理智的，沒必要為了一個間諜的死就和我們槓上。」

凱林道：「我們真的要放棄追殺黎楚？」

米蘭達噗的一聲笑道：「沒有啦，我雖然看起來沒什麼底線，不過答應華風的事情還是會做到。不然這件事傳出去，以後文森特邀請了誰，對方說不定就不肯來了。至於黎楚嘛，等風平浪靜，就拿點地盤跟白王換好了。」

「白王會同意？」

「為什麼不同意？仇恨是人類才玩的東西，契約者不談交情，只看利益。」

兩人說到一半時，米蘭達的通訊器響了起來。

她接起來看了一眼，收起嬉笑的表情，蹙眉道：「我們有人死了。」

凱林道：「是 SgrA 動手了？」

米蘭達搖了搖頭，想了片刻後道：「人死在我們對面的大樓，報告說可能有γ乙太介質……凱林，你去看看。」

凱林點頭接受命令。這麼近的地方，他用能力來回也不過幾分鐘的時間。

且以他在牆面穿梭的能力，只要不是被γ乙太徹底包圍在狹小空間裡，總有方法可以逃脫出來。

兩分鐘後，鬼行人凱林出現在對面四樓中。

這個地方正在裝修，各種木材和油漆隨地擺放，傳來一股刺鼻的氣味。

窗臺上放著一株盆栽，上面停了一隻白色蝴蝶。

沒有屍體，沒有打鬥或偷襲的痕跡，甚至沒有血腥味。

凱林打開隨身攜帶的設備，仔細檢查室內被γ乙太占據的地方，接著在牆面上，他看到了一支黏在高處的手機。

手機的鏡頭開著，將他的舉動都拍攝了下來。

凱林瞇起眼，室內詭異的狀況引起了他的警覺。

就在他抬頭之後，手機裡傳來一個人工合成的機械女聲：「你好，凱林。」

凱林看著手機，關於黎楚的種種情報都浮現上來。

手機裡的女聲輕柔道：「聽說，你們在找我。」

凱林道：「黎楚。」

合成音笑了一聲，又道：「我給你們這個機會如何？我現在就在距離不到半公里的地方，如果你能找到我，就和我公平對決，勝者可以隨意處置敗者，你覺得如何？」

凱林瞇著眼，說道：「可以。」

雖然凱林和黎楚一樣，嚴格上來說並非戰鬥能力者，但歸根結柢，在戰鬥中，凱林的贏面更大一點。

自尋死路……凱林心想。

手機發出喀一聲響動，自動關上了，內部電路都被摧毀。

凱林正打算向米蘭達彙報情況，米蘭達就先一步催動了他體內的精神種子。

種子能讓他們遠端對話，但因為是奪取得來的能力，所以並不完善，只能由米蘭達主動發起對話。

米蘭達不悅道：「怎麼去了這麼久？」

「我看過情況了，這是黎楚的把戲。」

凱林簡單地說明了事情經過。

「哼，SgrA 還沒表態，黎楚居然直接找上門來，他應該是單獨行動。蠢材，你不會真的想要跟他單挑吧？」

「不。」凱林道，「我剛才捕捉到了手機訊號，等我們的線人找出對方的具體座標，再前往圍剿就可以了。」

米蘭達沉思了一會兒道：「不，現在 SgrA 和我們關係緊張，不能派太多人出去，否則可能會被視作挑釁。黎楚敢單獨出來，躲在沒人知道的地方，這簡直是天賜良機。等座標查出來後，你先去查看情況，盡量神不知鬼不覺地幹掉他。」

「是。」

凱林明白，米蘭達不願意派太多人的原因，是害怕 SgrA 硬來。一旦普天大廈被強行攻破，她沒有自保能力。

米蘭達又吩咐道：「剛才的陣亡報告大概也是黎楚偽造的，哼，他的能力太麻煩了。凱林，你在外面不要用通訊器，免得被他截取，必要時我會直接催動種子和你對話。」

8

暮色漸沉，雨停了。

一地狼藉。

鐘曉與黎楚用電腦視訊對話，鐘曉的影像有些模糊，問道：「你剛才交代的事情已經辦成了……你在做什麼？」

「剪紙。」黎楚淡淡道。

「……我知道。」

黎楚放下剪刀，拿起蝴蝶的形狀白紙給鐘曉看：「這個樣子，能辦到嗎？」

鐘曉點了點頭。

「很好，現在我給你八十二個即時監視鏡頭，你將其中能看見的紙張，全部，控制成這個形狀。」

鐘曉倏然而驚，道：「這需要一些時間。」

「我們的時間很充足。」黎楚慢慢轉過去，喝了一口微涼的咖啡，「如果時間不夠，就先打草驚蛇，斷了他一條腿。不過，你最好不要偷工減料……你知道這種蝴蝶嗎？」

「不清楚。」

黎楚緩緩道：「這是光明女神蝶。亞當最後的一個形態。」

鐘曉彷彿明白了什麼，說道：「你要以這種形式為他復仇？這麼多蝴蝶狀的紙片數量雖然充足，殺傷力卻不一定夠，而且凱林只要穿牆逃離，我沒有辦法用紙追上他。」

「凱林的機動力在這座城市數一數二，我當然不會以為你能追上他。」黎楚冷笑道，「不過，對付這種優勢單一的契約者，我們只需要悠哉地追趕和驅逐，讓他惶惶不可終日，讓他疑神疑鬼不得安心……然後把他堵在絕路上，狠狠地，碾碎在絕望裡。」

鐘曉只覺得脊背發涼。

黎楚淡淡道：「就像他們曾逼迫亞當亡命奔逃那樣，我要親眼看著凱林跑得精疲力竭，最後發現自己在劫難逃。那表情……呵，一定頗有意思。」

幾分鐘後，GIGANTIC的技術後勤找到了黎楚那通電話的來源，米蘭達用精神連結傳給了凱林。

看位置是一座公共電話亭，約在幾千公尺遠的位置。

凱林是使用能力出來，他的能力只能使自身穿過牆體，卻不能帶著外物，所以赤身裸體。既然如此，凱林乾脆直接使用能力趕路，避免被人看見。

他在街道穿行，專挑角落的牆壁落腳——他進入牆面後只能在十六公尺內的另一面牆面中現身，長距離穿梭時需要很多偏僻的落腳點。在旁人看來，只是角落閃過一道博伊德光，而凱林已經飛速趕往目標地點。

他最後停在一個廁所隔間裡，將自己的右眼分離出來，移動到公共電話亭。

通過這隻右眼，凱林看見電話亭的話筒被隨意放在上面，始終在通話中，而且綁了一支小小的錄音筆。

黎楚之前對他說的話都是事先錄製好的。

雕蟲小技……凱林心想。

他本已打算回去後交給技術部偵察黎楚的位置，不過臨走前一念之差，將錄音筆取了下來，發現裡面還有一段錄音。

合成音說：「凱林先生，看來你喜歡取巧的方式，正好，我也喜歡。我依然在半公里以內，等你來找我。」

凱林面無表情。而電話亭內，詭異探出的右手將錄音筆捏碎了。

「竟敢愚弄我……」

若是常人，此時應該已經被黎楚幾番戲弄激怒。

而凱林並無惱怒，但也察覺到黎楚的難纏，沉思片刻後，發覺黎楚的兩次「半公里以內」，將目標範圍縮小了不少。

以他的速度，將靜寂無人的地方依序查過一遍，反而比讓黎楚誘導著到處亂轉來得更快。

另一邊。

黎楚坐在轉椅上，面無表情地喝了口咖啡。

他面前的牆壁，投影出密密麻麻、總計八十一個即時監視鏡頭，都是凱林在牆面穿梭時瞬間閃現的一幕。

鐘曉始終與他視訊連接，見到凱林被耍得團團轉的景象，問道：「你何時準備了這麼多東西？」

「這種東西不需要時間，隨便找個線人就可以了。」黎楚目不轉睛地看著監視畫面，「我交給你的任務呢？」

「差不多完成了。所有能看見的紙面都已準備好，有需要就能馬上控制。」

兩人說話時，眼中都帶著博伊德光。

黎楚雙手交握，偶爾微微動一下手指，切換牆上的影像。

鐘曉說道：「你現在真的一個人待在外面？還是有SgrA的人隨行保護？」

「沒，我在北庭花園內部，沒出去過。」

「……這麼說，你給凱林的訊息全都是假的？」

黎楚輕描淡寫道：「玩他而已。他要是相信，就讓他在那半公里範圍到處亂轉；不信也無所謂，凡是身上有電子設備的情報人員，在我眼裡都是傻逼，隨便

給個線索，凱林就跟著跑了。」

鐘曉難以置信，又不寒而慄。

黎楚就像是操縱著玩偶的冷酷神明，凱林的一切選擇，都早在他的掌握之中。他只要安穩坐在螢幕後面，就可以牢牢掌握住敵人的一舉一動。

黎楚將凱林在電話亭內側玻璃伸出手的畫面仔細看了兩遍，不再翻閱其他影像。

鐘曉跟著看了一會兒，沉吟道：「他可以在水泥、磚塊、木材等各種牆面中穿行，有瓷磚或壁紙的也可以，甚至玻璃……」

「或者我們對他的能力，思考錯了方向。」黎楚道。

兩人沉默片刻，同時開始說話。

鐘曉：「他的穿梭距離在五米到十二米間不等……」

黎楚：「穿梭時間與距離無關，統一在零點五秒內現身。」

鐘曉：「在有選擇的情況下，他通常偏好光滑鏡面——」

黎楚接道：「且總是全身走出，很少將肢體分離。」

鐘曉：「這就是你特地選了電話亭的原因？逼迫他不能公然出現在四面玻璃

的獨立空間裡……」

「我已經明白了。」

黎楚轉過身，揮手關了所有監視畫面，說道：「按照穿梭距離十八米、時間零點三秒，一切材質、垂直角度誤差小於五度的牆體作為參數，我們調整一下『囚籠』。」

鐘曉愣了一下，油然感受到了智商的差距。

凱林赤裸現身在一家網咖的小包廂內。

——正是鐘曉到過的網咖。

他看了看桌上的電腦，一支一次性手機被綁在耳機上。

凱林摸了一下電腦主機，打開手機查看，心裡知道自己又被黎楚誤導了一次。

GIGANTIC的情報系統可能完全被黎楚控制了……

第四次撲空，凱林不得不考慮了最糟糕的情況。

他在途中與米蘭達聯繫了一次，而後者對他的搜索狀況非常不滿，告訴他最後搜尋一次，如果再次撲空，就放棄。

他們不認為赤王和白王都還沒有表態，單槍匹馬的黎楚能造成什麼威脅，但黎楚的目的撲朔迷離，該收手時，還是盡早回到分部比較好。

對話剛結束，凱林忽然見到眼前的電腦螢幕亮了起來。

黎楚出現在螢幕中，正對凱林，帶著一絲笑意指了指右下角。

凱林皺著眉檢查耳機，隨後戴上。

黎楚道：「凱林先生，你可以回去了。我騙你玩而已。」

凱林：「……」

背景是一片白色牆壁，黎楚的面容出現在鏡頭中央，淡淡道：「包廂裡，我準備了一套衣物。如果你願意，可以步行或坐車回去，當然，我建議你直接用能力趕回去，因為……再不快點，就來不及了。」

他說完，電腦螢幕便暗了下來。

凱林聽完這段話，可以說猝不及防，好在冷靜是契約者最不欠缺的東西。

來不及是什麼意思，難道米蘭達那裡出了狀況？不，米蘭達隨時可以用精神連結通知我，她不會出問題……那麼他在說我？我再不回去……會來不及？

接著凱林又想道：不，黎楚的話是否可信，還待查證。我不該繼續待在這裡，立刻回去，或聯繫米蘭達。

通訊器有可能被黎楚竊聽，而米蘭達的連結又只能由她單方面發起，現在只能盡快趕回去……

但是，這樣就是完全聽從黎楚的指示了……不，不能再被牽著鼻子走。他也許只是危言聳聽，想讓我回普天大廈？

接著，凱林很快想到了另一個可能——

或許黎楚已經到了末路，馬上就會被發現，因此虛張聲勢……沒錯，他既然能在網咖事先準備好一次性手機和衣物，那麼他或者他的幫手應該就在不遠處。無論是誰，都肯定會有突破點！

凱林權衡片刻，再次走入牆面。

他開始搜索臨近的建築物。

此時此刻，鐘曉正在兩條街外的另一家網咖中。

「你怎麼能肯定，凱林一定會掉進我們的陷阱？」

黎楚的面容出現在視訊中，緩緩道：「因為他不笨，但又不夠聰明，這樣的人比傻子更容易對付——當第一次對話時我讓他在半公里內找我，他卻開始搜索我的ＩＰ時，我就知道了他的行為模式。從現在開始，我想要他往哪裡走，他就會往哪裡走。」

9

凱林由南及北，地毯式地尋找黎楚或其助手留下的蛛絲馬跡。

黎楚能夠使用網路達成的事情，基本上都能肆意抹掉自己留下的痕跡。凱林為了追蹤黎楚，基本上與GIGANTIC方面斷了通訊，只依靠米蘭達單方面地聯繫，更增加了搜尋的難度。

好在需要搜索的範圍不大。

十二分鐘後，凱林在一座白色小公館現身。

這是一座純白的建築物，靜寂無聲，可能隸屬私人擁有。

凱林按照往常多次穿梭的經驗，出現在大廳位置的牆壁中，向內看去。

靈魂侵襲

這是棟六角形的屋子，中間擺了一張圓柱狀的椅子，上面坐著一個穿白外套、背對凱林的人，還有一面巨大的落地式ＬＥＤ螢幕和上面的小型鏡頭。

除此之外，就只有白色牆面。

如果黎楚就在這裡，那和之前的影片背景完全一致。

凱林簡單地觀察了周圍，從牆體完全穿了出來。

他極為冷靜，迂迴繞到前方，打算看清白衣人的模樣。

下一刻，白衣人慢慢回過頭來，面容如鏡面一般碎裂！

凱林甚至沒來得及看清眼前變化，白衣人就碎成數百碎片，四散空中。

他下意識地回頭，想優先找到一條退路，然而包圍著屋子的白色牆面也在這一瞬間，無聲地片片崩碎。

只有純白色彩的畫面，簡單卻極為絢爛，如同褪色的櫻花蹁躚，將整個世界緩緩掩蓋。

可惜，凱林不懂得欣賞。

凱林站在房間中央，警惕四望。

四面白色的牆壁原來不是牆，而是極其易碎的紙張，層層黏在許多鐵柵欄間。

柵欄弧度優美，形成一個六邊形的空間，將凱林困在其中。如同囚籠。

凱林有預感，這是敵人專門對付他的手段——沒有完整的牆面，他無法使用穿梭的能力逃脫。但他毫不慌張，冷靜地檢視這個地方。

鐵柵欄外竟是一座頗為精緻的室內花園，綠色植株蔥蔥郁郁，有許多翅膀華美的蝴蝶匆匆一現。

這時，凱林面前的螢幕上，終於出現了黎楚的身影。

凱林冷冷道：「你在玩什麼把戲？」

黎楚風輕雲淡道：「凱林先生，歡迎你來到白色蝴蝶公館。這個地方有很多珍貴的蝴蝶，為了保證公館主人能看見牠們原生態的美麗，以及阻止外人進入牠們的棲息環境，所以設計了這個鐵籠。你不覺得很有趣嗎？為了觀賞蝴蝶，而將自己關起來——看起來，就像是被蝴蝶觀賞的人類。」

凱林只覺得莫名其妙，他為防備黎楚設置的機關，始終壓低重心，一動不動地維持警戒姿態。

一些蝴蝶透過柵欄，飛了進來。一隻白色蝴蝶優雅地落在凱林肩上。

凱林穩如泰山，卻動如脫兔，極其迅速地捏起蝴蝶，繼而發現只是白紙而已。

——白紙能有什麼攻擊力？

凱林隨手將紙屑丟了，瞇起眼道：「你特地引我過來，應該不是為了說這些廢話。有什麼事，你最好在我改變決定之前，馬上說個明白。」

「我為什麼要和死人說個明白？」黎楚嘴角微彎，笑容謙和，「凱林先生，我有建議你立刻回去找紅皇后米蘭達，可惜你不聽……現在，已經太遲了。」

凱林冷哼道：「我不明白你在說什麼。」

黎楚淡淡道：「是嗎？你不妨看看你的傷口再說話。」

契約者雖不會有疼痛難忍的情緒，但知覺敏銳，倘若身上有傷口，沒道理會毫無覺察。

凱林謹慎地在幾個要害處試探地摸了一下，片刻後，瞳孔微縮。

在自己的手掌間，血跡觸目驚心。

我真的受傷了？什麼時候？什麼地方？黎楚用什麼方式傷到我？

黎楚緩緩道：「我猜，你還在想我是如何傷到你的。不過讓你失望了，我暫時沒那麼大的本事……你不妨仔細思考，在什麼情況下，契約者會無故出現傷口？」

室內一時沉寂。

凱林看到自己肩上多了一道寸長的傷口，幾乎劃到內側動脈，切口卻極窄——以至於直到凱林按住它之前，傷口仍閉合著，連神經組織都暫時沒有傳遞出受創的資訊。

契約者無故出現傷口，只有一個解釋——那就是其共生者受了傷。

凱林閉上眼，在諸多思緒當中找到了一個解釋。

GIGANTIC成員的共生者向來由米蘭達看管，此刻如果真的是他受了傷，米蘭達卻未聯繫自己，要不是米蘭達在一瞬間就被SgrA殺了，那麼就是……

米蘭達背棄了我？

不……這不可能，她沒有理由。

黎楚淡淡道：「你知道嗎，白王陛下沈修和你們的赤王和談了。我的唯一條件，就是親手為亞當報仇，而且，還要看著你死在同樣的方式下。米蘭達同意了，不過為了不暴露你們隱藏共生者的手段，她只接受在GIGANTIC動手。」

凱林死死按住傷口，止住出血，然而他很快發現，自己腰間出現了另一道傷痕。

一隻白色蝴蝶，優雅地掠過眼前。

凱林咬牙道：「你在挑撥離間！米蘭達需要我，GIGANTIC需要契約者，她不可能輕易……」

「為什麼不能？」黎楚慵懶笑道，「『契約者不講感情，只談利益。』我說的對不對？」

——這確確實實，是米蘭達親口說過的話。

凱林默然無言。

黎楚又說道：「我的要求不高，只要能把你關在籠子，看著你被肢解也就可以了——就像你對亞當做的那樣。米蘭達很守信用，她很講究這個，不是嗎？所以她幫我把你引了過來。你確實很聽她的命令，乖乖地出來追蹤我了。」

沒錯，從一開始，就是米蘭達聲稱收到己方人員的陣亡消息，要求自己出來查看情況……

黎楚出現後，米蘭達又命令自己找到黎楚，並尋找悄悄擊殺他的辦法……

凱林站在純白牢籠之中，兩道傷口淌出的血液，順著他赤裸的身軀緩緩淌下。

若是常人到了此刻，知道自己身陷絕境，精神或許已經臨近崩潰。

然而契約者不會。

凱林仍在冷靜地思考，說道：「不對。米蘭達要我追蹤你是合乎情理的命令，這不能成為她放棄我的證據。我不會因區區幾句話就背叛GIGANTIC。」

「那麼，你就死在這囚籠裡吧，帶著對紅皇后米蘭達的崇敬，安心被她肢解。」黎楚笑了笑，關閉了視訊。

凱林身上一無所有，被關在鐵籠中。

面對黎楚，他當然不可能表現出動搖，但內心其實早已開始懷疑。他甚至慶幸，慶幸自己並未將所有能力都告訴米蘭達，只說是能在牆中穿梭而已——這也是為什麼亞當反入侵米蘭達的記憶後，唯獨無法獲得凱林全部情報的原因。

因為凱林最初就沒有完全信任米蘭達。

凱林一直明白，如果沒有人知道他能穿過一切垂直面，那麼或許有一天，他會因此逃脫一命。

現在就是那一天。

凱林冷漠地捂著血流不止的傷口，走上前將黎楚安放的攝影鏡頭一拳打碎。

然後他將那塊螢幕擺正，眼中閃現出博伊德光，直直穿進了螢幕之中。

北庭花園，黎楚手指輕輕一動，上百個監視畫面再次出現。凱林狼狽按著傷口，在各個角落中穿梭的景象，無一遺漏。

「開始吧。」黎楚淡淡道，「按照我給的畫面，喚出你所有的蝴蝶。」

凱林受到的傷口，其實是鐘曉的能力。

在蝴蝶公館，那些絢爛的蝴蝶裡，隱藏著鐘曉用能力控制的蝴蝶紙片。藉由超音波振動，可以無聲無息地割破人的皮膚，而不損傷其他組織。唯獨殺傷力有限，最多只能製造出寸長的傷口而已。

鐘曉一邊悄悄在四處穿梭的凱林身旁聚集蝴蝶，一邊對黎楚道：「你不是已經分析出，他可以在所有材質的近垂直面中穿梭，為什麼還要留下那個螢幕？」

「他還沒有逃得精疲力竭。」黎楚回道。

鐘曉毛骨悚然，說道：「他已經被你完全看透，你還想做什麼？」

「想再拖一會兒，等米蘭達聯繫他。」黎楚道。

鐘曉皺眉：「等等，你剛才說和米蘭達做了交易，不會是真的吧？」

「當然是假的。」黎楚瞥了他一眼，「我一點都不想和 GIGANTIC 交易，我只想把他們一個一個，碾死。」

「……那你為什麼要等米蘭達？他們聯繫後，凱林就會知道米蘭達沒有背棄他，你剛才說的話不是都白費了嗎？」

黎楚淡淡道：「天真。凱林不但不會問米蘭達交易的事，還會告訴米蘭達，他根本沒有找到我，正在趕回基地的路上。」

10

米蘭達終於打開了精神連結，問凱林：「情況如何？」

——如果她真的與 SgrA 交易來殺我，得知我脫困的消息，是不是會立刻殺掉我的共生者以絕後患？可惡，她在我腦中留著精神連結的種子，雖然不能催眠我，卻能監控我的位置……

——不，不能讓米蘭達知道我見過黎楚，更不能讓她知道黎楚說過交易。哪怕黎楚說的只有百分之一的可能是真話，我也冒不起這個險……必須先回去見到我的共生者再說。

凱林咬牙道：「我沒找到黎楚，現在正趕回去。到時再說詳情。」

「真是廢物！」米蘭達恨恨罵道，「找個情報人員都這麼難！我給了你那麼多技術支援，還親自傳話，你就這麼回答我……氣死我了，哼！」

米蘭達單方面停止了通訊。

凱林仍無法確定米蘭達是否做了交易，因為米蘭達也可能是在激他回去找黎楚；他現在只能說黎楚沒有出現，當作緩兵之計，再回去查看情況。

如GIGANTIC眾人這般，單純只看利益的關係大抵如此，永遠只有錦上添花，絕不會雪中送炭。

凱林最初沒有向米蘭達道出自己全部能力，米蘭達當然也不會分心照顧凱林現在的情況。

不久。

凱林在陰暗的街道穿梭，眼前已經有發黑的暈眩跡象。

他知道自己正在失血，只不過還沒到致命的地步，傷口處不過潦草包紮過而已。

凱林在轉角處稍作停頓，前方電線杆上有一臺監視器——上頭那一點微弱的紅光，就彷彿是黎楚無所不在的視線。

靈魂侵襲

令人心驚。

凱林喘息片刻，繼續向 GIGANTIC 的分部趕去。

下一刻，眼前的白色牆壁驟然分崩離析，化成漫天純白蝴蝶。

凱林狼狽後退，跌倒在地，繼而咬牙滾入了另一側牆面，出現在十六米外。

蝴蝶！

四面八方，都是白色的蝴蝶。

牠們紛紛揚揚，如附骨之疽，如蒼白的詛咒，根本無法甩脫！

凱林三番兩次被堵在道路盡頭處，不得不穿牆逃脫。

可是牆面是真是假？

看似堅固的牆壁，卻會在觸碰之後瞬間飛散，真真假假，詭譎難辨。

凱林如同被殘忍玩弄的弱小飛蛾，在迷宮中茫然四竄，黎楚輕輕伸手，挪動迷宮的牆壁，就能讓他陷入絕境。

還有短短一百米而已！

GIGANTIC 的大廈前，有一大片空地圍繞著基地，不讓遊客進入。在與 SgrA 對峙之後，為了保證分部的安全，米蘭達更是清空了很大一片區域。

此時此刻，這裡顯得尤為空曠，竟然沒有能讓凱林使用能力的餘地。

空地中央的小型噴泉上，輕輕停著一隻蝴蝶。

只是這麼一隻孱弱的蝴蝶，凱林卻好像看到了死神。

直到此刻，他終於明白自己究竟錯在哪裡。

他錯在把蝴蝶看作是美麗而無力的東西，卻終將命喪於此。

他不得不繞著空地，又折回了半圈，終於發現了安全回去的突破口。

不遠處是一處貨櫃碼頭，一架吊貨的大型機具正平緩地移動，將貨櫃放在不遠處的空地上。

這裡如此空曠，只要站在貨櫃後面就不會被監視器拍到，而且白色蝴蝶……也沒有出現。

這裡是GIGANTIC的地盤，黎楚不可能連這麼遠的地方都控制到。

凱林從牆中出來，臉色蒼白。不遠處的普天大廈，往常看來只要幾秒就能到達，此刻卻如隔天淵。

起重機慢慢運作，將空貨櫃放到旁邊施工的工地，此時此刻停在半空中，恰好能讓凱林使用能力回到普天大廈。

凱林咬牙，穿進大型貨櫃。

只要一秒的時間，就可以回去。

千米之外。

鐘曉道：「他進去了！真的按照你預計的那樣，專走監視器較少的路線！」

黎楚喝了口咖啡，淡淡道：「看戲，別吵。」

凱林的視野一片黑暗，忽然天旋地轉。

機械吊臂猛然一頓，圍繞其支點，開始旋轉，抬高！

貨櫃在半空中如同陀螺，被歪斜著高舉起來。

凱林在其中使用能力，垂直面卻忽然傾斜了超過三十度之多，立刻被牆面彈回，在貨櫃中接連滾動，鮮血四濺。

「咳咳……咳！」凱林狠狠撞在貨櫃牆上，吐出一口鮮血，感受到慣性仍將他牢牢按在傾斜的牆上。

他知道自己輸了，而且在劫難逃。

機械吊臂搖晃了許久，底下聚集了不少工人抬頭仰望，查看情況。

貨櫃終於在緩慢的搖擺中漸趨穩定，無邊黑暗中，凱林摸索著爬起身，看見黑暗裡亮起了一點紅光。

代表攝影鏡頭的紅光，也是代表黎楚視線的紅光。

貨櫃兩端的金屬鎖忽然斷裂，一邊倉口因重力而打開，黃昏的血色光芒立刻照在凱林狼狽的臉上。

高空的風灌了進來。

這裡距離地面幾十公尺，距離任何可供穿梭的垂直面也有幾十公尺。黎楚的精心計算，將凱林被孤立在這座孤島之中。

他慢慢站起身，捂著傷口，看見貨櫃內部，靜靜停著上百隻白色蝴蝶。

攝影機下的小型喇叭傳來了黎楚的聲音。

「你輸了。」

凱林嘶聲說道：「你贏了。但你還在和我說話，是想讓我做什麼?」

黎楚道：「你不笨，那麼該知道自己沒有選擇的餘地。」

「是。」凱林慢慢地說，「只要你放過我，我可以做任何事。」

「你是我喜歡的那種敵人——聽話的敵人。」黎楚冰冷地諷刺道，「現在，告訴我GIGANTIC的共生者在哪裡——所有的共生者。」

凱林毫不遲疑地說：「GIGANTIC有一名成員，能力保密，但是我知道他可以將人藏進時間流速較慢的空間，幾乎所有共生者都在那裡，進去的『鑰匙』只在米蘭達手上。

「某些生命垂危的人，死前也會進入那個空間，以期出來後讓治療師治癒的可能性。不過，米蘭達至今還沒有找到能力足夠的治療師，所以赤王手下的很多契約者，現在仍只能算是死人。」

黎楚又說：「米蘭達的另一個保鏢是誰？為什麼從不現身？」

「米蘭達只在有需要的時候和他精神連結，連我也沒見過。」凱林說，「但他可以將米蘭達全身皮膚角質化，硬度相當於零點五公分的鋼板，你們的紙片不可能傷到她。」

黎楚冷冷道：「很好，你的任務完成了。現在，面對鏡頭，給我笑。」

凱林立刻扯動了一下嘴角。

「比亞當難看。」黎楚淡淡道，在麥克風中傳出的聲音忽然輕了，似乎是轉過去跟另一個人說話，「鐘曉，殺了他。」

普天大廈，五十六層樓，米蘭達懶洋洋看著手機。

凱林這個廢物，被黎楚耍得團團轉，我下次出門還是多帶一個隨行的契約者吧。還好，文森特快要回來了……到時我們還是去奧克蘭玩，不待在白王的領地上了。紐西蘭也有很多好吃的，文森特一定會喜歡。

她坐在桌上搖晃著雙腿，看了看時間。

距離上一次和凱林精神連結已經有十分鐘了，他還沒回來。

米蘭達心中忽然有些焦躁，她跳下桌子，看向窗外。

冬天的夜降臨得很快，從高處俯視，可以看見晨昏的分割線剛好走向了天際線，晚霞是一片絢爛的橘紅色。

米蘭達茫然看著外面。

那個碼頭的起重機是什麼時候靠得這麼近？

一張白色紙片驟然闖入視野，啪地貼在她面前的窗戶上。

米蘭達微微一驚，發現那是一張蝴蝶剪紙，惟妙惟肖，被高處的風吹得翅膀微微翕動，彷彿真的有生命。

靈魂侵襲

風一停，蝴蝶就翩翩飛走了。

米蘭達向外看去，只見成百上千隻蝴蝶，在夕陽的餘暉中成群飛舞。

牠們紛紛揚揚，如同飛舞的白雪，又如同風中的櫻花，姿態曼妙悠然。

這群蝴蝶圍繞著機械吊臂，純白的隊伍飛進敞開的倉口，很快又搖搖擺擺地飛出來。

倉內漆黑一片，看不見裡面的光景。

而飛出來的蝴蝶，漫天的白色中夾雜了一點殷紅，格外醒目。

米蘭達不自覺地看了一會兒，終於確定自己沒有看錯。

起初只有三兩隻血色蝴蝶，沒多久變成了十幾隻，繼而是大片血色浸染開來，在漸漸降下的夜幕中，幽幽綻放。

11

成群遷飛的血色蝴蝶引起了許多人關注，他們驚呼讚嘆，並且用各種設備拍攝下來。

只可惜天色昏暗，只能隱約看到一條長長的隊伍，在半空中飛行、盤旋，如同進行著什麼儀式。

這個儀式在一個小時後結束了，蝴蝶們在夜風中飄飄蕩蕩，跌入冰冷的海水中。

碼頭邊的工人們發出驚呼聲，卻沒有絲毫辦法，只能看著這些精靈一般美麗的生命無聲無息地被海水淹沒。

這些蝴蝶最終成為了一樁奇談。

米蘭達埋在凱林腦海裡的精神種子消失了。

這代表凱林的大腦徹底死亡，他的精神內核也許正在發散……而他的共生者，也必然喪失記憶，成為普通人了。

米蘭達既驚又懼，無論如何也想不明白，為什麼凱林在趕回來的短短幾分鐘內就悄無聲息地死了？

以他的能力，即便米蘭達也必須動用大批人手，將其圍堵在空曠地帶，或者用隱祕的手段暗殺。在高樓林立的大都市中，有誰能在短時間內殺了凱林？

她唯一的念頭就是——SgrA 暗算了我。

北庭花園，A座。

沈修正在與塔利昂通訊。

塔利昂負責在第一線對 GIGANTIC 施壓，雙方的契約者數量旗鼓相當，但論精銳和忠誠度，GIGANTIC 遠遠不及 SgrA，更何況這是在沈修的領土上。

雙方都沒有立刻開戰的意思，但前線壓得非常緊，只需要雙王的一個命令，就可以開始突襲。

塔利昂在通話中說道：「陛下，GIGANTIC是由一個解除伴生關係的女性契約者在帶領，您知道這種對手有時非常不冷靜，如果您暫時還沒有開戰的打算，我不建議繼續維持這種狀態。」

沈修淡淡道：「繼續掩護黎楚。」

塔利昂無法違抗他的命令，許久後說道：「陛下，您不能任由他繼續下去了。如果您愛他，大可以將他軟禁在總部。他只是失去自由而已，我可以為您找到優秀的催眠型契約者，將他調教成溫順的愛人……」

「你應該在我第一次見到他之前就告訴我這樣做。」沈修回覆道，「催眠他，讓他一心愛我，無法自拔，如飛蛾赴火，如飲鴆止渴……現在遲了，他已經像這樣催眠了我。」

塔利昂無言以對。

正在此刻。

新的情報通過每一株毫不起眼的植物進入馬可腦海，他在其中仔細分辨，對沈修道：「陛下，GIGANTIC收攏了所有成員。他們都退回普天大廈了。」

沈修聞言，肯定地說：「黎楚得手了。」

「等等，黎楚在我們的伺服器裡留下了東西……」馬可說道。

沈修揮手示意，一邊的薩拉連忙打開電腦搜索，片刻後播放了一支位置極其醒目的影片。

影片內容是凱林的自述。

「GIGANTIC的各位，如果看到這個影片，那麼我已經死在了紅皇后米蘭達手裡……」

他詳細描述了米蘭達是如何命令人活活砍死亞當．朗曼的共生者，又說自己即將被米蘭達以同樣的手段殺死。

米蘭達這麼做的原因，是因為亞當和自己先後發現了她的祕密——她想用控制住所有共生者的方式，讓GIGANTIC變成只聽從自己命令的戰爭機器，而非赤王手下一個無所事事的鬆散組織。

薩拉驚道：「這個米蘭達瘋了嗎？」

「不，這是假的。」馬可分析道，「如果不是黎楚偽造，就是他在殺死凱林前逼迫他錄製這支影片……他想分裂GIGANTIC？」

沈修看了一會兒，起身對塔利昂道：「塔利昂，二級方案，準備戰鬥。」

塔利昂沉聲說道：「陛下，按照先王的遺囑，開戰前我有義務再次向您確認——您確定要與 GIGANTIC 開戰？」

沈修淡薄又從容地說道：「既然已經做出選擇，就一條路走到底，更何況黎楚為我們帶來了『正義的旗幟』。開戰。」

黎楚將監視器全部關閉。

最後一個畫面，是凱林支離破碎、如被千刀萬剮的屍體。

鐘曉收回能力，疲倦道：「結束了。」

「離結束還早。」黎楚淡淡道，「不過你確實結束了，回家休息，明天就可以去特組銷假。記住，你沒有參與任何事，GIGANTIC 只是內部自相殘殺。」

鐘曉問道：「你沒有攻擊手段，難道還想繼續殺米蘭達？凱林說過米蘭達身邊還有一名保鏢，可以將她的皮膚鋼化……」

黎楚打斷道：「這件事已經與你無關了。如果不想特組被捲進去，你最好當作什麼都沒發生過。」

他站起身，舒展了一下身體，像是準備離開。

鐘曉忙道：「等等……」

黎楚擺了擺手，鐘曉的畫面啪的一聲關閉了。

黎楚拿了一包零食，慢慢走到A座。

沒有人攔阻，他隨意地走進了沈修所在的會議室。

SgrA的兩個高層——馬可、薩拉齊齊看向他。馬可已經將他走來的消息通知沈修，他們都在等他。

黎楚不介意任何視線，徑直走到沈修面前，與沈修對視。

沈修眼中全是他的倒影，眸光微微閃爍，低聲道：「你……」

「馬可，彙報情況。」黎楚略過他，毫不客氣地命令道。

馬可忽然被點名，求助地看向自家陛下。

沈修皺起眉，轉身看著黎楚道：「你要和我鬧到什麼時候？GIGANTIC的事，我不可能完全將赤王丟在一邊，這不符合四王之間——」

話語未完，驟然消聲。

黎楚揪著他的衣領，狠狠揍了他一拳。

「咳！」

這一下又快又狠，沒有命中要害，卻挑著缺少骨骼保護的軟肋處，將猝不及防的白王陛下打懵了一瞬。

薩拉和馬可齊齊瞠目結舌，震驚道：「你你——」

下一秒，黎楚又仰頭，將沈修吻住。

一切都寂靜了。

沈修微微睜大眼，片刻後無奈環著黎楚，取回主動權。

黎楚又被吻了那麼一會兒，喘著氣道：「我從來……不糾結過去的事情。你現在打不打GIGANTIC？我要到他們分部門前，親眼看著米蘭達死掉，讓GIGANTIC分崩離析。只有你的力量可以做到，你他媽……幹不幹？」

沈修與他雙目相對，啞聲道：「這也是我想說的。文森特現在不在S市，我將公開凱林的影片，同時以紅皇后米蘭達個人——而非王系組織GIGANTIC——侵犯我領土的理由將其擒拿。按照協定，沒有王的命令，妨礙我在東區行使王權的任何人，我都有權暫時扣拿。」

黎楚瞇了瞇眼：「如果米蘭達在混亂中意外死亡……」

沈修道：「那不過是 GIGANTIC 內訌的結果。」

黎楚翹起嘴角，哼哼道：「你也挺聰明的。」

「那個影片，你原本打算怎麼用？」沈修道。

「還沒想好。」黎楚淡淡道，「大約就是，挑撥離間，找到一個會背叛米蘭達的人，或者乾脆製造更多證據，讓她眾叛親離，再慢慢玩死。」

塔利昂孤身走在 GIGANTIC 分部前的空地上。

無數槍口指著他，有人喊道：「停止前進！立刻停止前進！你在侵入赤王陛下的——」

不遠處傳來一聲槍響，有人走火了。

子彈筆直向著塔利昂飛行，而塔利昂信手一揮——

一股灼熱巨浪瞬間鋪展開來，將前方的空氣燒灼扭曲，子彈的彈頭在恐怖的熱浪中汽化，繼而偏離軌道，發出一聲輕微的尖嘯後彈飛出去。

塔利昂冰冷的聲音說道：「你們妨礙了白王沈修陛下行使王權。我是 SgrA 戰鬥組，『赤炎之手』塔利昂。」

藍白色火焰沖天而起！

灼熱的熱浪將塔利昂十米內的空氣全都蒸騰，他彷彿行走在模糊的雲霧當中，只能隱約看見雙目中散發出的博伊德光熠熠閃爍，如死神的凝視。

所有子彈在這片扭曲的空間中偏離了軌道，最接近塔利昂的甚至完全汽化，化成一道青煙。

塔利昂雙手合攏，指隙間流瀉出一道極其明亮、又極其可怕的雷射。

這道光徑直穿透任何阻擋，沒入眼前的普天大廈底座。

高溫割裂了承重牆，大樓發出震顫！

大樓內部。

「快走！我的能力支撐不了太久，能力消失後這棟樓很快會塌！」有人喊道。

一名契約者背著米蘭達，以超音速在大樓中移動。

米蘭達咬牙道：「不管其他人了，馬上走！」

那名契約者問道：「赤王陛下應該在樓頂，他……」

「他不在！」米蘭達恨恨道，「王的體內是γ乙太，我沒辦法留下精神種子……他現在超出了我直接聯繫的範圍，我們先自己脫離再說！該死，SgrA怎麼會直接開戰？白王怎麼可能跟文森特翻臉！」

硝煙瀰漫，一片兵荒馬亂。

米蘭達忽然道：「你在帶我去哪裡？」

契約者在門前停步，慢慢將米蘭達放下。

塔利昂道：「紅皇后米蘭達，幸會。我是白王座下『赤炎之手』，塔利昂。」

米蘭達冷冷站在他面前，整理了一下裙子，最後說道：「文森特會為我復仇。」

12

半個小時後。

米蘭達被帶到北庭花園專門設置的γ乙太隔離房間。

黎楚坐在她對面，上下打量。

他完全不懼米蘭達會臨死反撲，因為他身邊坐著沈修。

無論何時何地，白王陛下身邊永遠是最安全的位置。

米蘭達實際年齡將近三十，但外表仍是個十歲上下的小姑娘。據聞這是因為她跟隨赤王沒多久就遭人暗算，借助不明契約者的能力後，外表年齡就凍結不動了。

黎楚現在知道她為何不會老了，因為她的共生者，被GIGANTIC那個無名契約者安置在另一個時間緩慢的空間裡。

米蘭達亦打量了黎楚許久，說道：「早知如此，伊卡洛斯基地之戰前，我就應該更堅定地事先暗殺你……」

「我也十分好奇，妳的目標是我，為什麼要覆滅整個伊卡洛斯基地？」黎楚道。

「因為你總是被保護在基地最底層。」米蘭達冷冷道，「而我，想要吞噬你的精神內核。」

黎楚冷笑了一聲。

米蘭達說道：「華風其實大致猜到了你的能力，可惜不夠準確，不知道你竟然可以入侵所有電子設備，甚至到了這種境界……

「你知道嗎？我一直在找尋像你這樣的能力，如果我可以得到那麼一點特性，精神連結能有多大的提升？我太需要這種特性了！我的王文森特手持著至高無上的王權，只是——」

黎楚打斷道：「他還稱不上『至高無上』。」

米蘭達看了沈修一眼，怒道：「不需要你提醒！文森特為王的時間尚短，甚至還沒有完全開發出自己的能力。如果我可以像你一樣解析資料，再與文森特連結，他的實力將會達到什麼地步？」

她仰起頭，眼神空茫，語氣異常狂熱地說道：「我才是赤王最重要的人，是他實力的一部分、勢力的一部分，是王座之下第一人！以我的能力，如果與任何王者連結，可以輔助他做到多少事？

「一個人不能計算出來的衍生能力、一個人無法得到的知識儲備，我甚至可以做到回憶起從出生至今所有的資訊！哈……哈哈，你們殺了我，是四王共同的損失，是異能界的損失！」

黎楚用手支著頭聽了一會兒，對沈修說：「是個神經病。」

沈修深以為然。

黎楚問道：「華風為什麼要殺我？」

米蘭達臉色潮紅，仍沉浸在「王座下第一人」的美夢當中，不屑地回道：「我怎麼知道？我起初只是答應他隨便殺一次，畢竟他也算救過我。後來想殺你，就和華風沒有絲毫關係了。」

她接著連珠炮般地說：「你們找不到GIGANTIC的共生者吧？哈哈哈，我早就安排好一切了，就算我今天死在這裡，你們也不可能用共生者威脅GIGANTIC為白王做事！我一手建立起來的GIGANTIC，只會忠於我的王文森特！」

黎楚連生氣都懶得了。

他根本沒想過打GIGANTIC的主意。

米蘭達還在滔滔不絕地威脅SgrA，說赤王會為她報仇，就像他們對凱林做的那樣。

在她喋喋不休的背景音中，黎楚在桌子上找了半天。

沈修問：「找什麼？」

「隨便。」黎楚說。

沈修明白了，道：「這間屋子裡沒有可以致死的武器。」

米蘭達的話倏然停了，警惕道：「你們不會想無緣無故殺死文森特的心腹的……」

「哦。」黎楚應了一聲，走過去，輕易掐住米蘭達的脖子。

米蘭達體型嬌小，兩手拚命掰著黎楚的手，眼中放射出博伊德光，冀望能在緊要關頭催眠黎楚。

黎楚撇過頭看向旁邊的掛鐘，手上忽然一鬆，又按著她的下巴，向外一擰。

米蘭達喉中發出咯咯氣音，大腦缺氧的短短幾秒內，便步入了死亡。

一道明亮柔和的博伊德光輻射開來，米蘭達的精神內核慢慢升到了房間中央。

黎楚手上沒有血，仍在浴室裡洗了好一段時間的手。他看著鏡子裡的自己，自嘲地笑了笑。

沈修敲了敲門，走了進來。

「你還好嗎？」

「不好。」黎楚又搓了一會兒雙手，撐在洗手臺上，看著鏡中神色古井無波的自己，猛地低頭乾嘔了一聲。

「復仇的感覺，並沒有想像中那麼好。」沈修淡淡道，「先王死後，我也曾覺得，我算是為親族報了仇。不過，那沒有什麼快樂可言，只有一片空白而已。那段記憶甚至稱不上特殊，隔了幾年就忘得一乾二淨了。」

黎楚用冷水潑了潑臉頰，說道：「我很累，也並不開心。但是，這是復仇之後才有資格說的話。

「亞當被他們殺了，我在手刃凱林和米蘭達之前，沒有資格告訴他安息，也沒有資格替他原諒仇人，更不用說考慮其他可能被波及的人。要拿我的良心和亞當的遺志來比的話，我選亞當。」

沈修走上前，將黎楚轉過來面對自己。他們近乎臉貼著臉，黎楚髮梢的冷水差點淌到沈修衣領。

沈修低低道：「你要我怎麼做？你為亞當．朗曼連命都可以不要，我從一開始就勸不住你。我只是不希望你冒險，我平生最厭惡賭博這件事……如果你不幸……戰死，我……」

他的話說到一半，竟不知如何繼續。

沈修總是沒有太多表情，也經常沉默不語，從未表達自己的情緒。

他是SgrA的首領，必須顯露出運籌帷幄、遊刃有餘的態度。

這樣的人，總是讓人有他心如鐵石的錯覺。

但他只是沒有學會傾訴而已，他是孤零零被留在王座上的人，二十年來，沒有任何人告訴他要怎樣去說。

軟。

黎楚此刻貼近沈修的面容，看他冷色的雙眼和微蹙的眉頭，忽然覺得有點心軟。

沈修彷彿從黎楚的身上汲取到一點珍貴的感情，緩緩道：「與我生死與共、命運相連的人……只有你而已。」

黎楚等了又等，沈修只說了這麼一句話，沒有下文了。

他把頭埋在沈修肩上，噗地笑了出來。

沈修茫然扶著他。

黎楚低頭笑了好半晌，吊兒郎當問道：「你就這麼喜歡老子，嗯？」

沈修愣住了。

黎楚嘆了口氣，說道：「我知道你的顧慮，也不打算讓你為我挑起戰爭，不然我也不會自己去找突破口。你是東區的白王，你把其他人的性命置於我和你自己之上……才是正確的事。而我大概就是個不顧大局的典範。」

沈修嚴肅地想了許久，說：「你剛才……問我什麼？」

要是順著黎楚的話題說正經事倒沒什麼，但他思緒還停留在上一段對話，忽然就使得氣氛曖昧了起來。

黎楚耳朵有點燙，忽然深覺自己臉皮還不夠厚，隨口轉移話題道：「……還有沒有番茄醬？」

沈修又沉默了好一會兒，終於笨拙地擠出一句：「你要多少包？我是說……都可以。」

再繼續說下去，只怕空氣都要燒起來了。黎楚正想使用自己最嫻熟的計策，裝鴕鳥逃走，忽然愣了一下。

他出神地看著地板，只見一串瑩綠色數字飄了上來。

他沒有使用能力，眼中卻放射出淡淡的博伊德光。

「這是……怎麼？」黎楚茫然推開沈修，踉蹌走了兩步，身邊的一切在轟然嗡鳴中化成了資料流程。

世界忽然只剩下黑色和綠色兩種色彩，沈修的話語像隔著上千里那麼遠，完全聽不清在說什麼。

不遠處，一團明亮的博伊德光在空中向外放射，其中一條彎曲的光線，直直沒入自己體內。

黎楚低頭，看見自己的精神內核被光線連接著，不斷轉動。

沈修上前將黎楚抱起，緊緊按在懷裡，大步向外面走去。

米蘭達的遺體已經被管家收拾了，半空中，無法被任何方法捕捉的精神內核正煥發出異樣的光彩。

黎楚眼中博伊德光不斷流轉，隱隱與其產生共鳴。

黎楚的能力正在暴走。

沈修掐了一下黎楚的人中，捂住他的雙耳，鎮定地說道：「深呼吸，放鬆！你正在吸收米蘭達的精神內核！」

黎楚雙目空茫地遠望，片刻後定睛在沈修身上。

沈修體內的精神內核是璀璨的青金色，數十道從未見過的金色數據正在沈修和自己之間不斷流轉。

毫無緣由地，他清楚地知道，那是契約者和共生者之間與生俱來的聯繫紐帶。

——《靈魂侵襲03》完

高寶書版集團
gobooks.com.tw

BL003
靈魂侵襲03
作者 指尖的詠嘆調
繪者 六百一
編輯 林紓平
校對 任芸慧
美術編輯 林鈞儀
排版 彭立瑋

發行人 朱凱蕾
出版 英屬維京群島商高寶國際有限公司臺灣分公司
Global Group Holdings, Ltd.
地址 臺北市內湖區洲子街88號3樓
網址 www.gobooks.com.tw
電話 (02) 27992788
電郵 readers@gobooks.com.tw（讀者服務部）
pr@gobooks.com.tw（公關諮詢部）
傳真 出版部 (02) 27990909 行銷部 (02) 27993088
郵政劃撥 19394552
戶名 英屬維京群島商高寶國際有限公司臺灣分公司
發行 希代多媒體書版股份有限公司/Printed in Taiwan
初版日期 2018年5月

國家圖書館出版品預行編目(CIP)資料

靈魂侵襲 / 指尖的詠嘆調著.-- 初版. -- 臺北市
: 高寶國際, 2018.05-
冊； 公分. --

ISBN 978-986-361-514-9(第3冊：平裝)

857.7 107003451

三日月書版

三日月書版

GOBOOKS
& SITAK
GROUP©

GOBOOKS
& SITAK
GROUP©